蘇州全書

甲編

・唐甫里先生文集

《蘇州全書》編纂出版委員會 編

古吳軒出版社
蘇州大學出版社

圖書在版編目（CIP）數據
唐甫里先生文集 / (唐) 陸龜蒙撰 . -- 蘇州 : 古吴軒出版社 : 蘇州大學出版社 , 2025. 6. -- (蘇州全書).
ISBN 978-7-5546-2634-4
Ⅰ. I214.242
中國國家版本館 CIP 數據核字第 2025D001L3 號

責任編輯 張雨蕊
助理編輯 李碧璠
裝幀設計 周 晨 李 璇
責任校對 王霽鈺

書 名 唐甫里先生文集
撰 者 〔唐〕陸龜蒙
出版發行 古吴軒出版社
地址：蘇州市八達街118號蘇州新聞大厦30F 電話：0512-65233679
蘇州大學出版社
地址：蘇州市十梓街1號 電話：0512-67480030
印 刷 常州市金壇古籍印刷廠有限公司
開 本 889 × 1194 1/16
印 張 30.75
版 次 2025 年 6 月第 1 版
印 次 2025 年 6 月第 1 次印刷
書 號 ISBN 978-7-5546-2634-4
定 價 200.00 元

《蘇州全書》編纂工程

總主編

劉小濤　吳慶文

學術顧問（按姓氏筆畫爲序）

王　芳　王　宏　王　堯　王　鍔　王紅蕾　王華寶　王爲松　王衛平
王餘光　王鍾陵　朱棟霖　朱誠如　任　平　全　勤　江慶柏　江澄波
汝　信　阮儀三　杜澤遜　李　捷　吳　格　吳永發　何建明　言恭達
沈坤榮　沈燮元　武秀成　范小青　范金民　茅家琦　周　秦　周少川
周國林　周勛初　周新國　胡可先　胡曉明　姜　濤　姜小青　韋　力
姚伯岳　馬亞中　袁行霈　華人德　莫礪鋒　徐　俊　徐　海　徐　雁
徐惠泉　徐興無　唐力行　陸振嶽　陸儉明　陳子善　陳正宏　陳尚君
陳紅彥　陳廣宏　黃愛平　黃顯功　崔之清　張乃格　張志清　張伯偉
張海鵬　葉繼元　葛劍雄　單霽翔　程章燦　程毅中　喬治忠　鄔書林
賀雲翱　詹福瑞　趙生群　廖可斌　熊月之　樊和平　劉　石　劉躍進
閻曉宏　錢小萍　戴　逸　韓天衡　嚴佐之　顧　薌

《蘇州全書》編纂出版委員會

主　任　金　潔　季　晶

副主任　韋國嶺　吳晨潮　王國平　羅時進

編　委（按姓氏筆畫爲序）

丁成明　王　寧　王忠良　王偉林　王稼句　王樂飛　尤建豐　卞浩宇
田芝健　朱　江　朱光磊　朱從兵　李　忠　李　軍　李　紅　李　峰
吳建華　吳恩培　余同元　沈　鳴　沈慧瑛　周　曉　周生杰　查　焱
洪　曄　袁小良　卿朝暉　高　峰　凌郁之　陳　潔　陳大亮　陳其弟
陳衛兵　陳興昌　孫　寬　孫中旺　黃啟兵　黃鴻山　接　曄　曹　煒
曹培根　張蓓蓓　程水龍　傅　强　湯哲聲　楊　斌　蔡曉榮　臧知非
管傲新　歐陽八四　錢萬里　戴　丹　謝曉婷　鐵愛花

前言

中華文明源遠流長，文獻典籍浩如烟海。這些世代累積傳承的文獻典籍，是中華民族生生不息的文脉和根基。蘇州作爲首批國家歷史文化名城，素有『人間天堂』之美譽。自古以來，這裏的人民憑藉勤勞和才智，創造了極爲豐厚的物質財富和精神文化財富，使蘇州不僅成爲令人嚮往的『魚米之鄉』，更是實至名歸的『文獻之邦』，爲中華文明的傳承和發展作出了重要貢獻。

蘇州被稱爲『文獻之邦』由來已久，早在南宋時期，就有『吳門文獻之邦』的記載。宋代朱熹云：『文，典籍也；獻，賢也。』蘇州文獻之邦的地位，是歷代先賢積學修養、劬勤著述的結果。明人歸有光《送王汝康會試序》云：『吳爲人材淵藪，文字之盛，甲於天下。』朱希周《長洲縣重修儒學記》亦云：『吳中素稱文獻之邦，蓋子游之遺風在焉，士之嚮學，固其所也。』《江蘇藝文志·蘇州卷》收録自先秦至民國蘇州作者一萬餘人，著述達三萬二千餘種，均占江蘇全省三分之一强。古往今來，蘇州曾引來無數文人墨客駐足流連，留下了大量與蘇州相關的文獻。時至今日，蘇州仍有約百萬册的古籍留存，入選『國家珍貴古籍名録』的善本已達三百一十九種，位居全國同類城市前列。其中的蘇州鄉邦文獻，歷宋元明清，涵經史子集，寫本刻本，交相輝映。此外，散見於海内外公私藏家的蘇州文獻更是不可勝數。它們載録了數千年傳統文化的精華，也見證了蘇州曾經作爲中國文化中心城市的輝煌。

蘇州文獻之盛得益於崇文重教的社會風尚。春秋時代，常熟人言偃就北上問學，成爲孔子唯一的南方弟子。歸來之後，言偃講學授道，文開吳會，道啓東南，被後人尊爲『南方夫子』。西漢時期，蘇州人朱買臣負薪讀書，穹窿山中至今留有其『讀書臺』遺迹。兩晉六朝，以『顧陸朱張』爲代表的吴郡四姓涌現出大批文士，在不少學科領域都貢獻卓著。及至隋唐，蘇州大儒輩出，《隋書·儒林傳》十四人入傳，其中籍貫吴郡者二人；《舊唐書·儒學傳》三十四人入正傳，其中籍貫吴郡（蘇州）者五人。文風之盛可見一斑。北宋時期，范仲淹在家鄉蘇州首創州學，並延名師胡瑗等人教授生徒，此後縣學、書院、社學、義學等不斷興建，蘇州文化教育日益發展。故明人徐有貞云：『論者謂吾蘇也，郡甲天下之郡，學甲天下之學，人才甲天下之人才，偉哉！』在科舉考試方面，蘇州以鼎甲萃集爲世人矚目，清初汪琬曾自豪地將狀元稱爲蘇州的土産之一，有清一代蘇州狀元多達二十六位，占全國的近四分之一，由此而被譽爲『狀元之鄉』。近現代以來，蘇州在全國較早開辦新學，發展現代教育，涌現出顧頡剛、葉聖陶、費孝通等一批大師巨匠。中華人民共和國成立後，社會主義文化教育事業蓬勃發展，蘇州英才輩出、人文昌盛，文獻著述之富更勝於前。

蘇州文獻之盛受益於藏書文化的發達。蘇州藏書之風舉世聞名，千百年來盛行不衰，具有傳承歷史長、收藏品質高、學術貢獻大的特點，無論是卷帙浩繁的圖書還是各具特色的藏書樓，以及延綿不絶的藏書傳統，都成爲中華文化重要的組成部分。據統計，蘇州歷代藏書家的總數，高居全國城市之首。南朝時期，蘇州就出現了藏書家陸澄，藏書多達萬餘卷。明清兩代，蘇州藏書鼎盛，絳雲樓、汲古閣、傳是樓、百宋一廛、藝芸書舍、鐵琴銅劍樓、過雲樓等藏書樓譽滿海内外，彙聚了大量的珍貴文獻，對古代典籍的收藏保護厥功至偉，亦於文獻校勘、整理裨益甚巨。《舊唐書》自宋至明四百多年間已難以考覓，直至明嘉靖十七年（一五三八），聞人詮在蘇州爲官，搜討舊籍，方從吴縣王延喆家得《舊唐書》『紀』和『志』部分，從長洲張汴家得《舊唐書》『列傳』部分，『遺籍俱出宋時模板，旬月之間，二美璧合』，于是在蘇州府學中槧刊，《舊唐書》自此得以彙而成帙，復行於世。清代嘉道年間，蘇州黃丕烈和顧廣圻均爲當時藏書名家，且善校書，『黃跋顧校』在中國文獻史上影響深遠。

蘇州文獻之盛也獲益於刻書業的繁榮。蘇州是我國刻書業的發祥地之一，早在宋代，蘇州的刻書業已經發展到了相當高的水平，至今流傳的杜甫、李白、韋應物等文學大家的詩文集均以宋代蘇州官刻本爲祖本。宋元之際，蘇州磧砂延聖院還主持刊刻了中國佛教史上著名的《磧砂藏》。明清時期，蘇州成爲全國的刻書中心，所刻典籍以精善享譽四海，明人胡應麟有言：『凡刻之地有三，吴也、越也、閩也。』他認爲『其精，吴爲最』，『其直重，吴爲最』。又云：『余所見當今刻本，蘇常爲上，金陵次之，杭又次之。』清人金埴論及刻書，仍以胡氏所言三地爲主，則謂『吴門爲上，西泠次之，白門爲下』。明代私家刻書最多的汲古閣、清代坊間刻書最多的掃葉山房均爲蘇州人創辦，晚清時期頗有影響的江蘇官書局也設於蘇州。據清人朱彝尊記述，汲古閣主人毛晉『力搜秘册，經史而外，百家九流，下至傳奇小説，廣爲鏤版，由是毛氏鋟本走天下』。由於書坊衆多，蘇州還産生了書坊業的行會組織崇德公所。明清時期，蘇州刻書數量龐大，品質最優，裝幀最爲精良，爲世所公認，國内其他地區不少刊本也都冠以『姑蘇原本』，其傳播遠及海外。

蘇州傳世文獻既積澱着深厚的歷史文化底蘊，又具有穿越時空的永恒魅力。從范仲淹的『先天下之憂而憂，後天下之樂而樂』，到顧炎武的『天下興亡，匹夫有責』，這種胸懷天下的家國情懷，早已成爲中華民族精神的重要組成部分，傳世留芳，激勵後人。南朝顧野王的《玉篇》，隋唐陸德明的《經典釋文》、陸淳的《春秋集傳纂例》等均以實證明辨著稱，對後世影響深遠。明清時期，馮夢龍的《喻世明言》《警世通言》《醒世恒言》，在中國文學史上掀起市民文學的熱潮，具有開創之功。吴有性的《温疫論》、葉桂的《温熱論》，開温病學研究之先河。蘇州文獻中蘊含的求真求實的嚴謹學風、勇開風氣之先的創新精神，已經成爲一種文化基因，融入了蘇州城市的血脉。不少蘇州文獻仍具有鮮明的現實意義。明代費信的《星槎勝覽》，是記載歷史上中國和海上絲綢之路相關國家交往的重要文獻。鄭若曾的《籌海圖編》和徐葆光的《中山傳信録》，爲釣魚島及其附屬島嶼屬於中國固有領土提供了有力證據。魏良輔的《南詞引正》、嚴澂的《松絃館琴譜》、計成的《園冶》，分別是崑曲、古琴及園林營造的標志性成果，這些藝術形式如今得以名列世界文化遺産，與上述名著的嘉惠滋養密不可分。

維桑與梓，必恭敬止；文獻流傳，後生之責。蘇州先賢向有重視鄉邦文獻整理保護的傳統。方志編修方面，范成大《吴郡志》爲方志創體，其後名志迭出，蘇州府縣志、鄉鎮志、山水志、寺觀志、人物志等數量龐大，構成相對完備的志書系統。地方總集方面，南宋鄭虎臣輯《吴都文粹》、明錢穀輯《吴都文粹續集》、清顧沅輯《吴郡文編》先後相繼，收羅宏富，皇皇可觀。常熟、太倉、崑山、吴江諸邑，周荘、支塘、木瀆、甪直、沙溪、平望、盛澤等鎮，均有地方總集之編。及至近現代，丁祖蔭彙輯《虞山叢刻》《虞陽説苑》，柳亞子等組織『吴江文獻保存會』，爲搜集鄉邦文獻不遺餘力。江蘇省立蘇州圖書館於一九三七年二月舉行的『吴中文獻展覽會』規模空前，展品達四千多件，並彙編出版吴中文獻叢書。然而，由於時代滄桑，圖書保藏不易，蘇州鄉邦文獻中『有目無書』者不在少數。同時，囿於多重因素，蘇州尚未開展過整體性、系統性的文獻整理編纂工作，許多文獻典籍仍處於塵封或散落狀態，没有得到應有的保護與利用，不免令人引以爲憾。

進入新時代，黨和國家大力推動中華優秀傳統文化的創造性轉化和創新性發展。習近平總書記强調，要讓收藏在博物館裏的文物、陳列在廣闊大地上的遺産、書寫在古籍裏的文字都活起來。二〇二二年四月，中共中央辦公廳、國務院辦公廳印發《關於推進新時代古籍工作的意見》，確定了新時代古籍工作的目標方向和主要任務，其中明確要求『加强傳世文獻系統性整理出版』。盛世修典，賡續文脉，蘇州文獻典籍整理編纂正逢其時。二〇二二年七月，中共蘇州市委、蘇州市人民政府作出編纂《蘇州全書》的重大決策，擬通過持續不斷努力，全面系統整理蘇州傳世典籍，着力開拓研究江南歷史文化，編纂出版大型文獻叢書，同步建設全文數據庫及共享平臺，將其打造爲彰顯蘇州優秀傳統文化精神的新陣地，傳承蘇州文明的新標識，展示蘇州形象的新窗口。

『睹喬木而思故家，考文獻而愛舊邦。』編纂出版《蘇州全書》，是蘇州前所未有的大規模文獻整理工程，是不負先賢、澤惠後世的文化盛事。希望藉此系統保存蘇州歷史記憶，讓散落在海内外的蘇州文獻得到挖掘利用，讓珍稀典籍化身千百，成爲認識和瞭解蘇州發展變遷的津梁，並使其中藴含的積極精神得到傳承弘揚。

觀照歷史，明鑒未來。我們沿着來自歷史的川流，承荷各方的期待，自應負起使命，砥礪前行，至誠奉獻，讓文化薪火代代相傳，並在守正創新中發揚光大，爲推進文化自信自强、豐富中國式現代化文化内涵貢獻蘇州力量。

《蘇州全書》編纂出版委員會

二〇二二年十二月

凡例

一、《蘇州全書》（以下簡稱『全書』）旨在全面系統收集整理和保護利用蘇州地方文獻典籍，傳播弘揚蘇州歷史文化，推動中華優秀傳統文化傳承發展。

二、全書收録文獻地域範圍依據蘇州市現有行政區劃，包含蘇州市各區及張家港市、常熟市、太倉市、崑山市。

三、全書着重收録歷代蘇州籍作者的代表性著述，同時適當收録流寓蘇州的人物著述，以及其他以蘇州爲研究對象的專門著述。

四、全書按收録文獻内容分甲、乙、丙三編。每編酌分細類，按類編排。

（一）甲編收録一九一一年及以前的著述。一九一二年至一九四九年間具有傳統裝幀形式的文獻，亦收入此編。按經、史、子、集四部分類編排。

（二）乙編收録一九一二年至二〇二一年間的著述。按哲學社會科學、自然科學、綜合三類編排。

（三）丙編收録就蘇州特定選題而研究編著的原創書籍。按專題研究、文獻輯編、書目整理三類編排。

五、全書出版形式分影印、排印兩種。甲編書籍全部采用繁體竪排；乙編影印類書籍，字體版式與原書一致；乙編排印類書籍和丙編書籍，均采用簡體横排。

六、全書影印文獻每種均撰寫提要或出版説明一篇，介紹作者生平、文獻内容、版本源流、文獻價值等情況。影印底本原有批校、題跋、印鑒等，均予保留。底本有漫漶不清或缺頁者，酌情予以配補。

七、全書所收文獻根據篇幅編排分册，篇幅適中者單獨成册，篇幅較大者分爲序號相連的若干册，篇幅較小者按類型相近原則數種合編一册。數種文獻合編一册以及一種文獻分成若干册的，頁碼均連排。各册按所在各編下屬細類及全書編目順序編排序號。

唐甫里先生文集

〔唐〕陸龜蒙 撰

據中國國家圖書館藏明成化刻本影印。

提要

《唐甫里先生文集》二十卷，唐陸龜蒙撰。

陸龜蒙，字魯望，號江湖散人、甫里先生、天隨子。唐長洲人。幼而聰悟，家富藏書，尤精《春秋》學。咸通中應進士舉，以戰亂不得赴京。謁湖州刺史張摶，歷任諸州幕職。乾符中歸蘇州，居松江甫里，著書耕田，嗜飲茶，中和初卒。今蘇州甪直猶存其墓。著有《笠澤叢書》《詩編》《小名録》等。

陸龜蒙詩風兼具平淡、奇峭二體，與皮日休共開晚唐江湖隱逸一派，並稱『皮陸』，兩人依韻唱和之作，後編爲《松陵集》。其小品文頗具價值，如《記稻鼠》《野廟碑》等多激切諷世之論，魯迅譽之爲『一塌糊塗的泥塘裏的光彩和鋒鋩』。陸龜蒙曾自編詩文集爲《笠澤叢書》，雜收詩、賦、頌、銘等，不加類次，混而載之，宋代曾有三卷、四卷、七卷諸本流傳，北宋人樊開刊刻時，存詩文八十餘篇。元順帝至元中，陸氏後裔陸德原重刻《笠澤叢書》四卷，並有補遺一卷。

《甫里先生文集》爲南宋蘇州人葉茵據《笠澤叢書》《松陵集》及集外詩文編纂而成。凡二十卷，卷前有葉茵寶祐五年（一二五七）序，卷一至卷十三爲古今體詩，分爲五言古詩、七言古詩、五言八句詩、五言絶句詩、七言八句詩、七言絶句詩、雜體詩、聯句詩；卷十四、卷十五爲賦；卷十六至卷十九爲雜著；卷二十附録陸氏傳記、唐宋人所撰序文。然此本自諸書重輯，偶有誤收、漏收者，擬題亦未盡允當。

《甫里先生文集》宋本早佚，今存者爲明成化二十三年（一四八七）崑山嚴春據葉本重刊本，爲此後二十卷本之祖本。萬曆中，長洲甫里人許自昌又取嚴本重刻，《四部叢刊》即據黄丕烈校許本影印。本次影印以中國國家圖書館藏周叔弢舊藏明成化嚴春刻本爲底本，原書框高二十一·一厘米，廣十三·二厘米。此本曾經吳銓、周錫瓚、周叔弢遞藏，有周叔弢題記并跋。

明成化嚴氏本自莊嚴堪藏

唐甫里先生集 上

重刊甫里先生文集序

長洲甫里爲唐陸魯望先生之隱處故自號甫里先生蓋以地也去今六百餘祀而流風不泯遺跡猶存遂文俱墜崑山嚴景和氏居淞江之滸家近甫里素欽甫里之文乃訪而重刻之謂余不可以無序也予知陸氏爲

吴郡四姓之舊晉平原內史陸士衡之詩曰四姓實名家者爲可徵焉里先生以高節稱而世併其文當時殷文珪覽至舊集曰文價沸乎三吴而類唐賦者蓋與晉公白文公之作同編其所著有吴興實錄四卅卷松陵集十卷晁氏曰凡六百

五十八首笠澤叢書四卷陳氏曰甲
乙丙丁詩文襍編朱衮刊於吳江
末有四賦用蜀本增入蜀本七卷樊
開所序案開序曰千條篇而不
曰四卷與陳氏所計七卷之數不合
叢書松陵集絕六百五十二篇併
附錄爲二十卷則晁氏所校松陵集

六篇刊於宋寶祐中歷勝國以來歲久板廢景和所爲重刊者繼前賢之勝事誠義舉也而叢書四卷七卷八十餘篇之數無從補刊矣先生自言平居以詩文自怡點竄塗抹歷年不能淨寫一本或爲好事者取去鄱陽馬氏錄

書有小名録三卷周密齊東野語曰先生祠在白蓮寺中像設古唐物咸淳中盛氏子醉仆其像於水滿腹皆平生詩文新藁知府倪普更爲像腹藁不可復得矣序列先生所著書無小名録集中亦不見序述或在所逸之

中豈同與詩文爲好者取去後
出而傳於今耶抑如晁氏所謂多
互見而不書耶所謂腹藏新藁
或叢書等成集之後先生歿後
尚有未及編次去取殷文瑾所覽
舊集或吳興實録或叢書或
松陵集蓋不可知豈已編去爲舊

集未編者爲新稾，因置腹中於今
新舊之分耶？是知先生之制作不
獨遺逸於當時，沒遭棄毀於後
代，爲可惜也。於是求以爲愛者，豈
專在於文哉？惟其立節之高而已。
夫文以昭其節也，節以彰其文也。使
徒文焉而節有不立，則文無傳於

一藝文何足異乎先生之遺適丁季唐一不中進士舉知世之不可為也以高士召不至史稱盧携李蔚當國召拜左拾遺詔下而宋林希逸辨其不然且曰有之決不為盧携輩所致可謂得其心矣至於構文以譏苑所汜內

叢譚鴨事詩家多喜引用茵郎
故矣辨其爲誣又以談苑爲劉
貢父攗考之文以爲曰出於教傳
由其一時輕信耳豈別有所據云
以余觀於司空圖咸通中及第
避亂隱中條山僖宗以中書舍
人徵拜禮戶二部侍郎皆不起

又以蕭辭朱梁禮部尚書之徵
梁史書之稱爲失真賴王元之
據事考言明其御行之卓韋
不污無筆其子孫與魯經類
而節行忘於似辟之獲天麟不觸
世綱雪鶴自超雞群也方之王
維鄭虔皆能文辭書畫皆人

妙品皆污偽官不能作鄭相亦
守節可免之言以至於失身後雖
皆以詩畫得罰免而良史氏黼黻
鈇鉞褒貶之公安可廢筆回率聯
以書用存素王勸懲之法皮襲美
稱魯望之才不識溫庭筠李商
隱蘇長公稱表聖詩文高雅有

[illegible]平之遺風可謂確然矣表聖之集曰一鳴景和尚求之藏書之家與甫里集偶刻並傳俾讀者因其言而得其節行之詳知其所為徒文而明於出處之義流播千載為不朽事則於名教之益也豈小小哉

成化丁未春正月之吉

賜進士及第奉訓大夫

右春坊右諭德邑人陸釴書

甫里先生碑銘

宋胡宿

君子之無所失道與世而汚隆聖人之不滯於物曰時而遷徙達則奮庸而兼濟否則懷然而獨善堯舜許由昔賢標一揆之論禹稷顔子先民有同道之說繼世而作易地則然自風流之事頹固靈光之不屬中古以降作者寔繁舊史所存孤風可見咸能自潔身累脫去世紛耕巖石以相高蹈山林而不返語其玉立之節姑得而云體無道勝之韻蓋亦有幾若乃揖紛亂而高謝標耿介而長往漁釣一壑寄傲無何之鄉鼓吹六經圖芳不朽之事非夫高雅

淵靈粹温簡正疇可以議夫是矣先生陸氏諱龜蒙字魯望笠澤之幽居者也吐崇嶽之符倬生民之俊温其如玉而不加雕琢淵乎似道而無所澄撓神茂初學聲冠當世屬土行墂季天守繹騷俎豆委而不收干戈尋而未已先生歎深鳳鳥志劇鴻冥刻密函谷之關鼓枻滄浪之水棄去驕君之餌謝絕畏友之方於是上會稽探禹穴由臨安昉仙室歸長洲茂苑之下樂淞江甫里之勝乃歎曰時無明主安能宗予施於有政是亦為政退而賦考槃之詩且有終焉之計薙草闢徑為臨江之居剪茅作堂倣在鄉之宅南直弁峯之色西帶重湖之光孤雲無心白鳥可狎道

素自處物累不嬰好事之流或載酒而相訪雅遊之子時
款關而請見戶外之屨常滿席間之文屢啓稻田一廛歲
供薪水之費魚陂數頃日充庖鱠之事至若金樞之月淨
夜赤城之霞啓旦花瀨不遠蘋風甚快先生則必飭軥牛
之衣戒白鵠之舫招來僧社之舊申明朋簪之合泛覽節
物從容談宴筆床硯格靜置於左右琴歌酒賦相繼以晝
夜擊銅鉢以賦詩指石鼎以聯句青溪之曲六復何窮白
雪之唱其和益寡飄然聲利之表自適仁智之樂真所謂
風塵之外物天地之逸民者也加以癖好聚書本皆有副
得以傳寫則烏襴不計其費躬加校正則雞距未嘗去手

亡一篋而不感以百域而有喜雖張華海内之祕班遊禁中之副無以過也由是富擁多文優入聖域紬六經之眇論泛九家之清流擿發異聞多黄香之不見沉研精義皆郭璞之未詳此又稽古之宗師博物之淵藪也若夫言不詭聖志在拂世英辭闢楊朱之塵高論攻墨翟之守潤色夫子之際煥乎有章潛心大業之中卓然不類斯又三代之遺英萬世之先覺也自頃元和而下風什陵喪多哇之響甚喧大雅之作幾墜先生收五際之長波駕四始之高蹈綜制萬變入道奥而惟深刻雕衆形等天機之不宰徵言之緒既續正始之音復聞時皮公日休以高文大筆為

世元儒先生幅巾過從一面如舊相與文酒之間坐忘形骸之外凡所賡唱溢于几篋莫不研幾深以繹志叨虛穽以成韻天才艷發縟體交變褭蹄之性百鍊而不耗大韶之音九变而弥雅居然嗣響蔚于中興其命世傑出之雄乎昔子山觀閔辭多主於悲哀韓非遭亂書頗露於孤憤屈平怨刺託方物以寄懷虞卿窮愁慨詩書而見志何自待之未厚將不遇之所興切況淵高曾未彷彿容而不兩嗟乎西郊之雲瑞非其時巳哉東魯之獸至於青編紀素尚之節鏤板昭炳蔚之辭雖與日月爭光金石共盡可也宿仰企風徽積有年籥經涂所出舊址存焉歸然靈光鞠

為茂草鬆交照之不棲悼園秀之無聞亦由歷高唐者想綿駒之謳過夷門者感侯生之事蹈揚盛德其庶幾乎銘

曰

仰以觀文少微之位含德葆光論精毓粹猗歟先生鍾厥靈氣郁哉懿文倬然上智五代尋戈三靈塞霧鶴在衛軒豺盈漢路裊鳳成歌宴鴻曷慕長洲苑下松陵水邊內樂名教中有聖賢擁書萬卷摛藻千篇江山豈助造化無權名理之言有補於世清尚之風未墜於地壤樹儀型攡書不至清暉助邈幽靈潛翳鞠草寔繁秜輩蟰蛸講樹已凋[illegible]令杳窆次隧茫茫太素英魂予何歸杳之緣古香名子獨飛

甫里先生文集

漢而下史録諸家名集其殘缺不完失或不可見知歐陽公所數者不知其幾百氏也方其存時或託以交游授之門人付之孫子豈不欲其必傳々之必遠要之皆不可必其間乃有出於破囊敗庋之中幾廢而幸存者子雲不必侯芭太白不必陽冰退之不必李漢子厚不必禹錫千載而後往々不期而得之是豈偶然者甫里先生之沒去今幾百載矣遺藁所存僅有松陵笠澤二書其詩似陳拾遺其文似元道州予居以文章自怡雖幽憂疾病無旬日生計未嘗暫

輟塗竄則其平生所著豈應止爾常以棄珠遺璧爲恨今吳江　葉君茵乃作意掇拾而裒益之懇懃々若諸先生之於史記張處度之於冲虛經綱羅放失將必有續得而未已者於先生何忠哉先生之亡研墨訖筆者雖稱紫溪翁康門子諸賢皆平昔所深交者豈無一人可任此責苟有爲亦不至散軼如此視葉君殊有愧矣然史祢盧攜李蔚素與善及當國召拜拾遺詔方下而先生卒以史考之盧李皆相於乾符元年五年皆罷而叢書自序乃曰乾符六年臥病笠澤是二人既罷而先生猶無恙也若曰六年之冬

攜亭再相則與李蔚無與矣然攜附田令孜以進卒為所擠而死使先生猶在亦豈斯人可致哉史氏之云若以此為先生惜者誤矣寶祐六年冬十有一月

朝請郎直寶謨閣林希逸叙

甫里先生文集目錄二

唐甫里先生文集目録

笠澤陸龜蒙字魯望

五言古詩

卷之一

卷之二

卷之三

卷之六

五言絶句詩

卷之七

七言八句詩

卷之八

卷之十

和臘後送內大德從勗遊天台

和寄題玉霄峯葉涵象尊師所居

南陽廣文博士還酉平後寄

和題支山南峯僧韻

送董少卿遊茅山　和寄懷南陽潤卿

襲美將以綠罽爲贈因成四韻

和過張祐處士丹陽故居并序

和襲美寄廣文　和襲美先輩悼鶴

幽居有白菊一叢因而成詠呈知巳

和傷開元觀顧道士

七言絶句詩

卷之十一

卷之十二

雜體詩附聯句詩

卷之十三

雜著

卷之十六

卷之十七

卷之十九

卷之二十

二游詩序　立既詩序　張祐詩序

三高詞記　揚文公誄死

唐甫里先生文集卷之一

笠澤陸龜蒙字魯望著

五言古詩

讀襄陽耆舊傳因作五百言寄皮襲美（日休字也）

漢皐古來雄山水天下秀高當軫翼分化作英髦囿㬥秦之前人厭滅不可究自從宋生賢特立冠耆舊離騷既（一作絕）日月九辯即列宿卓哉悲秋辭合在風雅右龐公樂幽隱辟聘無所就祗愛鹿門泉泠泠倚巖漱孔明臥龍者潛伏躬耕耨忽遭玄德雲遂起鱗角鬭三胡節皆峻二習名亦茂其餘文武家相望如斤

埃絪思齊粱降殊寞寡清胄凝融為滴瀾復結作塋琇不知粹和氣有得方大受將生皮夾子上帝其可奏弁色敷公才用以殿厥後嘗聞兒童歲嬉戲陳俎豆積漸開詞源一派分萬溜先崇丘旦室大攫蘼結構次補荀孟垣所貴匕鎛瀰仰瞻三皇道蟣虱在宇宙郄視五霸圖股掌昊孩幼或能臨髖髀或與翼鷁轂或喜棹直舌或樂斬邪脰或彝鉏翳奮或憖理錯謬或如百千騎合沓原野狩又如曉江平風死波不皺幽埋力須極遺落貲必購乃於文學中十倍猗頓富囊之向咸鍋馬重連步騄尃場射策時縛虎當羿

毅歸來把通籍且作高堂壽未足逞戈矛詩云彼文
繡從知偶東下帆影拂吳岫物象悉權藏精靈毋辭
鏤伊余抱沈疾顛頓守圭竇方推洪範疇更念太玄
首去陳詩採風俗學古窮篆籀朝、貫薪米往、逢
責詬既被鄰里輕亦爲妻子陋特冠適甌越敢怨不
得售窘若曬沙魚悲如哭霜狖唯君枉車轍以遂海
上臭披襟兩相對半夜忽白晝執、濯清風忘憂飲
醇酎驅爲文翰侶鴛鳧參驥麂有時諧宮商自喜眞
邂逅道孤情易苦語直詩還瘦藻匠如見訓終身致
懷袖

襲美先輩以龜蒙所獻五百言既蒙見和復
示榮唱至于千字提奬之重蔑有稱實再抒
鄙懷用伸酬謝
洪範分九疇轉成天下規河圖孕八卦煥作玄中奇
先開否藏源次第經綸基粵若魯聖出正當周德衰
越疆必載贄歷國將扶危諸侯恣崛強王室方淩遲
歌鳳時不偶獲麟心益悲始嗟吾道窮竟使空言垂
首贊五十易又刪三百詩遂令篇籍光可並日月姿
向非筆削功未必無瑕疵迨至夫子沒微言散如枝
彼作所宗既不同所得亦異宜名法在深刻虛玄致希

奕自從戰伐來一泒縱橫馳寒谷生豔木沸潭[illegible]流
漸驚奔失壯士好惡隨纖兒嬴氏并六合勢蕩[illegible]相
斯加干挾書律盡取坑焚之南勤會稽頌址悈胡亥
陊猶懷徧迷狩不暇親維持及漢文景後鴻生方鋹
規（出三都賦）籔揚見舜風反作三代吹飄、四百載左右為
藩籬鄴下曹父子獵賢甚熊羆發論若霞駮（魏文帝典論有論文篇）
裁詩如錦摛徐王應刘輩頭角咸相衰（初危切）或有妙絶
賞或為獨步推或許潤色美或嫌詆訶癡倏以中利
病且非混醇醨雅當乎魏文麗矣哉陳思不肯少選
妄恐貽後世嗤吾祖仗才力鍥（士結切）革車蒙虎皮手持一

白旄直向文場麾輕去箬脫鉗釱谿如抽瘯廖上婺下務精
鋼不足利騕褭何勞追大可罩山岳徽堪析毫氂十
體兒負贅百家咸起痿争入鬼神奥不容天地私一
黼遹華藻萬古無刃遺刻鵠尚未巳雕龍奮而爲刻總有久然雕藻
刘生吐英辨上下窮高卑下臻宋與齊上指軒羲
宣但標八索殆將包兩儀人謡洞野老騷怨明緗豔
立本以致詰驅宏來抵巇清如朔雪巖緩若春烟齏
或欲開戶牖或將飾纓緌雖非倚天劒亦是囊中錐
皆由内史意致得東覓詞梁元盡索廣後主終巳隋
衰音但浮脆豈望兮雄雖吾唐楫讓袀陛列森咎瓚

作頌嬈吉甫直言過祖伊明皇殘中日黒壽肩參差岳
淨秀擢削海寒光陸離皆能取穴鳳盡擬乘雲螭迹
來二十杷俊造相追隨余生落其下亦值文明時少
小不好弄逡巡奉弓箕雖然若貧賤未省親嚅㖇一作哯
秋倚抱風桂曉烹承露葵窮年呂敗袍積日無晨炊
遠訪賣藥客閒尋捕魚師歸來蠹編上得以含情窺
杭韻吟比雅覃思念槻樆曰知昭明前剖石呈濤琪
又嗟昭明後敗葉埋芳蕤縱有月旦評未能天下知
徒為強貔豹不免參狐狸誰蹇行地足誰抽刺天鬐
誰作河畔草誰爲洞中芝誰若靈囿鹿誰猶清廟犧

誰輕如舉毛誰密如凝脂誰比蜀嚴靜誰方巴寡貲
誰能鈎抉鼇誰能灼神龜誰皆如水火誰同若塤箎
誰可作梁棟誰敢驅谷蠡鹿黎二首用此常不快無人動交
鈹空消病裡骨柱白愁中髭鹿門先生才大小無不
怡就彼六籍內說詩直解頤顧我迷未達開懷潰其
疑初看鑿本源漸乃泝旁支遂古派泛濫皇朝光赫
曦揣摩是非際一、如襟期李杜氣不易孟陳節雜
移信知君子言可並神明著枯腐尚求律膏肓猶謁
驗況將太宰味見啗通懸飢今來置家地正枕吳江
湄餌薄鈎不曲眢然守空坻嘿坐無影響唯屢歎茫不

茨抽書亂籤帙酌茗煩甌犧或伴補缺砌或借詁荒
祠孤筇倚烟蔓細木橫風漪觸雨蚴扉臨流泥紅
籬既狎野人調甘爲豪士訾不敢負逵皷唯憂掉降
旗希君念餘勇挽袖登文陣

奉訓襲美先輩吳中苦雨一百韻

微生參最靈天與意緒拙人皆機巧求百逕無一達
家爲唐臣來奕世唯穆高只垂清白風凜自貽厥（龜蒙五代祖六代祖皇朝繼在台輔）猶殘賜書在編簡苦斷絕其間忠孝字萬
古光不滅孱孫誠瞢昧有志常愲敢云嗣良弓但
欽終守節諠譁不入耳讒佞不挂舌仰詠堯舜言俯

違周礼轍所貪既仁義豈暇理生活縱有舊田園拋
來亦蕪沒曰之成否塞十載真契濶凍餒一襜褕飢
腸少糠籺甘心付天壤委分任迴斡笠澤臥孤雲桐
江釣明月盈筐感茨芰滿釜煮鱸鱖酒懺風外啟茶
槍露中擷（茶芽未展者曰槍已展者曰旗）歌謠非大雅掇摭爲小說上可
補薰蕕傍堪跐牙蘖（龜蒙嘗著稗說三卷）方當賣罾罩盡以易紙
札毀跡尚吳門夢魂先魏■尋聞天子詔赫怒誅叛
卒宵旰惘烝黎謨（一作諮）明問征伐王師雖繼下賊壘未
即拔此時淮海波半是生人血霜戈驅少壯敗屋棄
羸耋踐蹋比塵埃焚燒同藁秸吾皇自神聖孰事皆

問傑射策亦何為春卿送耶輟伊余將貢拔未有耶
可刷却問漁樵津重耕烟雨撥諸侯急兵食冗贖方
剪截不可抱詞章巡門事干謁歸來閭蓬楗壁立空
豎褐煖手抱孤烟披書向殘雪幽憂和憤懣忽愁自
驚瘢文兮乏寸毫武也無尺鐵平生所蓄到死不
開豁念此令人悲翕然生內熱如之被皴瘃況復久
爇黐既為霜露侵一臥增百疾筋骸將束縛膝理如
箠撻祇謂抵狂軀又疑當毒蝎江南多事鬼巫覡連
毆粤可口是妖訛恣情專賞罰良醫只備位藥肆成
虛設而我正萎痿安能致訶咄楙蘭任芳苾精糈從

羅列戟竿既屢須錢刀亦隨蘖蕪之瀆財賄不必行
盜竊天地如有知微妖豈逃敘其時心力憤益使氣
息擾永夜更呻吟空牀但皮骨君来賛賢牧野鶴聊
簪笏謂我同光塵心中有溟渤輪蹄相壓至問遺無
虚月首到春鴻濛猶殘病根萎看花雖眼暈見酒忘
肺渴隱几還自怡逢盧亦争喝抽毫更唱和劒戟相
磨戛何大不包羅何微不挑刮今来值霖雨晝夜無
暫歇雜若碎淵淪高如破轇轕何勞鼉吼岸詎要鸛
鳴垤秪意江海翻更愁山岳裂初驚蚩尤陣虎豹争
搏齧又疑伍胥濤蛟蜃相戲揳千家濛濕練忽似好

披拂萬彘垂玉繩如堪取縈結况余居低下本是之畦
蚓竄邇來增號呼得以恣唐突先夸屋舍好又恃頭
角凸厚地雖直方身觸偏穿穴常參莊雜裡六造楊
玄未偃仰縱無機形容且相忽低頭增嘆詫到口復
嗢咽沮洳漬琴書莓苔染巾襪解衣換倉粟秕稗猶
未脫飢鳥屢窺臨泥童苦春師(音袁)或聞秋稼穡太半
泬澎汃耕父蠹齊民農夫思旱魃吾觀天之意未必
洪水割且要雹飛龍又圖滋跛鼈三吳明太守左右
皆儒哲有力即扶危懷仁過救暍鹿門皮夫子氣調
真俊逸截海上雲鷹橫空下霜鶻文壇如命將可以

持玉鉞不獨扆羲軒便當成老佛顧余爲山者所得纔簣振譬如飾箭材尚欠鏃與筈聞將歙兒唱強倚帝子瑟幸得遂瀟湘不然嗤賈屈開緘窺宝肆璣貝光吐櫛動詠衝樂懸陶匏響鏗鏘古來愁霖賦不是不清越非居頓挫才沴氣難摧折馳情扣虛寂力盡無所掇不足謝徽音秪令凋鬒髮

奉訓襲美先輩初夏見寄次韻

積雨晦皋圃門前烟水平蘋蘅增遥吹枕席分餘清村旆詫酒美賖来蒲鞋程（一作鉟）未必減宣子何羨謝公榮借宅去人遠敗墻連古城愁鵾占枯枿野鼠趨前

榲昨日雲破損晚林先覺晴幽篁倚微照碧粉含唛
莖蠹簡有遺字敫琴無泛聲蠹寒爾尚薄鷰喜雛新
成覽物正採思得君初夏行誠明復散誕化匠一作化工安
能爭海浪刷三島天風吹六英洪崖領玉節坐使虛
音生吾祖傲洛客曰言幾爲傖末裔宴漁者衷懷干
墨卿崔思釣璜老遂得持竿情何須乞䅳炙豈在斟
羊羨眭蔬與瓮醁便可相攜迎蟠木几甚曲筍皮冠
且輕閒心放羈靮醉腳從欹傾一逕有餘遠一窓有
餘明秦皇苦不達天下何足弃

奉　和襲美二遊詩

徐詩

嘗聞四書曰經史子集焉苟非天祿中祕事無由全自從秦火來歷代逢迍邅漢祖入關日蕭何爲政年盡力取圖籍遂持天下權中興熹平時教化還相宣立石刻五經置於太學前賊莽亂王室君臣如轉圜洛陽且煨燼載籍宜爲烟逮晉武革命生民纔息肩惠懷亟寡昧戎羯俄腥羶巳覔天地閉競爲東南遷日既不暇給墳索何由專尒後國脆弱人多尚虛玄任學者得謗清言者爲賢直至沈范輩（沈約范雲皆藏書數万卷）始家藏簡編御府有不足仍令馳之傳梁元渚宮日盡取

如蚳蝝兵威忽破碎焚爇無遺篇近者隋後主搜聚
勞駢闐宝函暎玉軸彩翠明霞鮮伊唐受命初載史
聲連延砥柱不我助驚波湧淪漣遂令四去（亦作往古）書半
在餘得泉貞觀購亡逸蓬瀛漸周旋昊然東壁光與
月爭流天儒矣開元中王道真平八萬五千卷一
一皆塗鉛棨開人間盛傳寫海內奔[redacted]
[redacted]窮新自云西齋書有過東皋田吾聞徐氏子奕
世皆于賢曰知遺孫謀不在黃金錢插架幾万軸森
森若戈鋋風吹籤牌声滿室鏗鏘然佳哉鹿門子好
問好除脩儉未參卿處遂得參卿憐開懷展梱篋唯

在性所便素業已千仞今爲峻雲巔雄才舊百派相
近浮日一作昫川君抱玉佐圖縱步凌陶甄他時若報德
誰在參卿先

任詩

吳之辟彊園在昔勝槩敵前閶冨脩竹後詭綏怪石
竟陵子陸羽[illegible]月詩云辟疆舊林間怪石不相向
風烟慘無王載祀將六百草色与行
人誰能問遺跡不知清景在盡付任君宅都是五湖
光偷來傍簷隙出門向城路車馬聲轔轔入門墅亭
限水木氣森森雙墻繞曲岸勢似行無極十步一危
梁乍疑當絕壁池容淡而古樹意蒼然鱗魚鱗尾半

紅烏下衣全碧斜来島嶼隱恍若瀟湘隔雨前挂夕
繰烟消有餘脉竭来任公子擺落名利役雖將祿代
耕頗愛巾隨筞秋籠支遁鶴夜榻戴顒容説史是焉
師譚禪差作伯君多鹿門思到此情便適偶蔭桂堪
帷縱吟苔可席顧余真任誕雅遂中心獲但喜醉逐
醒豈知玄尚白甘閑在鷄口不貴封龍額即此自怡
神何勞謝公屐

次追和清遠道士詩韵

一代先後賢辯容劘河漢况兹邁古士復歷蒼崖竄
辰經幾十萬邈與靈壽翫海嶽尚推移都鄙固蕪漫

羸僧下高閣，獨鳥没遠岸。嘯初風雨來，吟餘鍾唄亂。
如何鍊精魄，万祀忽欻半。寧爲斷臂憂，首作秋栢散。
吾聞酆宮内，日月自昏旦。左右修文郎，縱橫洒篇翰。
斯人久冥漠，得不垂慨歎。庶或有神交，相從重與讚。

補沈恭子詩 并序

案清遠道士詩題中有沈恭子同遊，既爲神怪之儔，得非姓氏謚爲恭子乎（一作若）？趙宣子、韓獻子之類耶？恭子，美謚也，而詩中有風流詞翰之稱，豈獨唱而不和者歟？疑闕其文，以爲恭子之根，乃作一章，存于編中，亦補亡之義也。

靈質貴軒昊遐年越商周自然垂遠裔安得怨寡儔
我亦小國胤勢名慙見優雖非熱曠懷雅奉逍遙遊
攜手桂枝下屬詞山之幽風雨一以過林麓颯然秋
落日倚石壁天寒登古丘荒泉已無夕敗葉翳不流
乱峯缺月隱衰紅清露愁覽物性未逸反爲情所囚
異才偶絶境佳藻窮冥搜虛傾寂寞音敢作雜珮酬

唐甫里先生文集卷之一終

唐甫里先生文集卷之二

笠澤陸龜蒙字魯望

五言古詩

讀陰符經寄鹿門子

清晨整冠坐朗詠三百言備識天地意獻詞犯乾坤何事不隱德降靈生軒轅口銜造化斧鑿破機關門五賊忽迸逸萬物爭崩奔虛施神仙要莫救華池源但學戰勝術相高甲兵屯龍蛇競起陸鬭血浮中原成湯與周武反覆更為尊下及秦漢得斷（一作）潰弄矢亦煩姦強自林據仁弱無枝蹲狂喉恣吞噬逆翼莫爭飛

翻家家伺天發不肯臣湣昏生民墜塗炭比屋爲冤
魂祇爲讀此書大樸難久存微臣與軒轅亦是萬世
孫未能窮意義豈敢求瑕疵曾亦愛兩句可與賢達
論生者死之根死者生之根方寸了十字萬化皆胚
脾身外更何事眼前徒自喧黄河但東注不見歸崑
崙晝短苦夜永勸君傾一樽

奉和初夏遊楞伽精舍次韻

吳都滿汀洲碧波浸郡郭微雨蕩春醉上下一清廓
奇蹤發深靄物先療摸飄然蘭葉舟蕩荷煙霞泊
吟譚亂驚夢雜囂喧纖情不可逃[illegible]難斷關

豈知楞伽會餘一作乃在山水須金仙着書口世界老去

樂薝蔔一云諸香琉璐代華莖舍言經不轉象口川穿

迴萬善峻爲城峣峣扞羣慝清晨欲登造安得無首

愕險究駭坤牢高羅摐天索迢容澹相向妖怪如可

猿吾嶽石龍根補差水心鍔嵐侵苔斷摩礐日鎔發

硯絡仰首下眩旋廻軒更煇燿蒼歸旋去飛羽翳牙

浮碧落到迴鮮風襟臨幽邃雲爲塵樊柱非便靜境

心所著自取海鷗知何煩尸祝酹羣圉震澤岸翠微

舞韶帶激豔皇老遺或峨非劃鑿老寂鐘梵趣別有

松桂蘿霧重蹬不光泉寒細猶薄僅能彌孤剎鳥慣

親擇辟服道身可遺已閑心已諸人間亦何事萬態毒蠱戰壘競高深儒衣謾使傳宣尼名位達未必春秋作管氏包霸圖須人解其縛伊余揉棋者蓬翟方索寞近得風雅情聊將聖賢度多君富道衆識度兩淸恪詎寵生滅詞育敎夷一旻錯未爲堯舜用且向煙託我亦擺塵埃他年附鴻鶴

奉和公齋四詠次韻

小松

擢秀迫客巖遺根飛鳥逞因求飾淸閟遂[illegible]辭苑覓貞同栢有心立若珠無脛枝形短未怪騏驥[illegible]左難之

名山記云松有鬛三鬛七鬛者言如馬鬛形也言粒者非　况密三天風方遵四時柄
那與培塿嘆免咎鄰里病微霜靜可分序月睞堪映
奇當虎頭筆韻叶通明性會拂陽烏曾掄材膺帝命

小桂

諷賦輕入植檀名方一枝才高不湍意更自寒山移
宛々別雲態蒼々出塵姿烟帰助華抄雪點迎芳蕤
青條坐可結白日如奔蝸諒無劉鶩蔚夏即是蕭森
時洛蒲離有蔭騷人聊自怡終爲濟川楫豈在論高卑

新竹

別塢破苔蘚嚴城樹軒檻恭聞稟璇璣化質離青冥

竹璣璣玉精受氣於玄軒之宿色可定雞頭實堪招鳳領五竅五嶺秀坐對三都屛晴月窈窕入曙烟霏微生昔者尚借宅况來處賓庭金壘縱傾倒碧露還鮮醒若非抱苦節何以偶惟馨徐觀推龍出更賦錦苞零

鶴屛

時人重花屛獨即胎化狀叢毛練彡彩踈節相望八公相鶴經云大毛落叢毛生其色如雪又云高脚踈節則多疲也曾無氊氄態頗得遠軒搽勢擬搶高尋身猶在丈如戛雞舊圖似憶烟霞何塵世任縱擸霜襟自閑放空貧明遠思不待存丘相何由振玉衣一舉模

奉和因贈至一百四十言

孔聖鑄顏事垂之千載餘其間王道乖化作荆榛墟
天必授賢哲為時攻翦除軻雄骨已朽百氏徒趑趄
近者韓文公首為閑闢鋤夫子又繼起陰霾終廓如
搜得萬古遺裁成十編書南山盛雲雨東序堆瓊琚
偶此真籍客悠揚兩情攄清詞忽窈窕雅韻何虛徐
唱詶野芳坼詶還天籟疎輕波掠翡翠曉露披芙蕖
儷曲信寡和末坏唯嗣初空持一竿餌有意歔鯨魚

奉和太湖詩二十首

初入太湖

東南具區雄天水合為一高帆大弓謝羿射爭箭疾
時當暑雨後氣象乃鬱蒸乍如開雕笯（音奴籠也）縱翼趨忽飛
出行將十洲近坐覺八極隘耳目駭鴻濛精神寒寒信
要坑來斗呀豁涌處龜崖岸嶮異（一作陰君）掖龍湫喧如破
蛟室斯須風妥帖若受命平秩微茫識端倪遠嶠疑
格（音閤）筆峴、見銅闕（湖中穹崇山有銅闕）左右皆輔弼盤空儼
想趨去勢猶擁逸嘗聞咸池氣下注作清貲至合涵
赤霄尚且浴白日（太湖上稟咸池五車之氣故一水之名也）又云構浮玉玉
宛與崑閬匹闕為靈官家此事難（又）致詰（太湖乃仙家浮玉之北堂）
繞迴沙嶼好指顧俄已失山川五蔽鬪魚鳥空声（語處交）

取魚乙反何當授貞檢得召天吳術一一問朝宗方應
可譚悉

曉次神景宮

曉帆逗碕岸高步入神景洒々襟袖清如臨蘂珠屏
雖然蝉動息此地常寂靜翠鑷有寒鏘碧花無定影
憑軒羽人傲夾戶天猷猛稽首朝元君褰衣就虛省
呀空雪牙利嗽水石齒冷香母未垂嬰芝田不論頃
遥通河漢口近撫松桂頂飯薦亡白蘇杯醼九光杏
人間附塵躅固陋真鉗頸肯信朴鼇龜傾猶疑夏蟲永
玄津蕩瓊龍紫汞啼金鼎靜尽出氷霜書期君一披省

入林屋洞

知名十小天林屋當第九人間三十六洞天知名者十爾餘二十六天出九微志未行於世題之為左神理之以天后林屋洞為左神幽虛之天即天后真君之便闕魁堆罡一作辟邪輩左右專備守自非方瞳人不敢窺洞口唯君好奇士傻嘯忘情友致一作歛傘在風林低冠入雲竇中深劚苔井傍坎纔藥臼石角忽支頤藤根時束肘初為大幽怖漸見微明誘屹若造靈封森如達僊藪嘗聞白芝秀狀與琅花偶又坐紫泉光甘如酌天酒白芝紫泉皆出此洞所出乃神仙之飲餌非常人所能得何人能挹嚼餌以代漿糗却笑探五符徒勞步雙斗真君不可見焚盥空遲久眷戀玉研

文行々但迴首

雨中遊包山精舍

包山信神仙主者上真職及棲鐘梵侶又是清凉域乃知烟霞地絶俗無不得岩開一逕糸々栢擁深髮黑僧閒若畬蚕像古非雅刻海客施明珠湘甤料平淨食有魚皆玉尾有烏尽金臆手携鞞鐸佉唐言楊枝若在中印國千峯殘雨過萬籟清且極此時空寂心可以遺智識知君戰未勝尚倚功名力却下聽經徒生石有聽經石孤帆有行色

毛公壇

古有韓終道授之劉先生身如碧鳳皇羽翼披輕々
先生感驅役臣伏甲與丁勢可倒五嶽不唯鞭群靈
飄颻駕翔蠣白日朝太清空遺古壇在稠疊煙蘿屛
遠懷步罡夕列宿森然明四角鎮露獸三層簇羽嬰
迴眸聘七炁運足馳蹤星象外真既感區中道祇成
迩來向千祀雲嶠空崢嶸石上橘花落石根瑤草青
時々白鹿下此外無人行我訪岑寂境自言齋戒精
如今君安死（字安）君魂魄猶羶腥有菱皆纍字有芝皆
紫莖相將望瀛島浩蕩淩滄溟

三宿神景宮

靈[illegible]未[illegible]尋不覓谿色暝迴頭問棲所稍下杉蘿逕
岩居更幽絕澗户相隱映過此即神宫虚堂愜雲性
四軒盡疎達一榻何清零去髣髴聞玉笙敲鏗動凉
磬風凝古松粒露壓脩荷柄萬籟既無聲澄明但心
聽希微辨眞語若授虚皇命尺宅按來平華池漱餘
淨頻窺宿羽巢三吸晨霞盛豈獨冷衣襟便堪遺造
請徒探物外趣未脱塵中病舉手謝靈峯徜徉事歸
榜

以毛公泉獻大諫清河公

先生鍊飛精羽化成翩翻荒壇與古甃隱軫清泠存

四面蹙山骨中心含月魄除非紫水脉即是金沙源
香賓洒桂蘂甘惟漬雲根向来探幽人酌罷祛蒙昏
況公珪璋質近處諫諍垣又聞虛靜姿早挂冰雪痕
君對瑶華味重獻蘭薰言當應滌煩暑朗詠翬飛軒
我願得一掬攀天叫重閽霏霏散為雨用以移焦原

縹緲峯

左右皆跳岑孤峯挺然起因思縹緲稱乃在虛無裏
清晨躋磴道便是羼顏（一作頏）始據石即更歇過泉還徙
倚花奇忽如薦樹曲渾成几樂靜烟靄知忘機猿狖
喜頻攀（峻）過斗末造平如砥峯首闞青冥迴眸聊下

䑸高帆大於鳥廣壇畔往纔類蟻就此徵范中爭先未
嘗已葛洪話剛氣去地四十里苟能乘之遊止若道
路耳吾將自峯頂便可朝帝扆盡欲活群生不唯私
一已超騎明月餘復弄華星蘂却下蓬萊巔重窺清
淺水身爲大塊客自號天隨子他日何華陽敲雲問
名氏

桃花塢

行行問絕境貴與名相親空經桃花塢不見秦時人
願此爲東風吹起枝上春願此作流水潛浮桑中塵
願此爲好鳥得棲花際鄰願此作幽蝶得隨花下賓

朝爲照花日暮作涵花津試爲採花士作此偷桃臣
桃源不栽奔廐可全天真

明月灣

昔聞明月觀在建業故基土城秖傷荒野基今逢明月灣不值三
五時擇此二明月洞庭最看奇連山忽中斷遠樹分
毫鼇周迴二十里一片澄風漪見說秋半夜淨無雲
物欺無之星斗藏獨有神仙期初聞鏘鏘跳音姚積漸
調參差室中阜羽衛波上停龍螭蹤舞玉烟鄭髙歌
碧霜詞清光消不動萬象寒咿々此會非俗致無由
清旁窺但當乘扁舟酒瓮仍相隨或微三弄笛或咸

数聯詩自然瑩心骨何用神仙為

練瀆 一云吳王開以練兵

越恃君子衆大将覆全吳 越有私卒君子六千人 吳将泒天澤以練舟師徒一鏡止千里支流忽然迂蒼𠁊東洪波坐似馮夷驅戦艦百万輩浮宫三十餘平川繳丁寧絶島予儲胥鳳押半鷁艨錦紅雑肥胡香煙與殺氣浩々随風軀彈射尽高鳥杯觥醉潛魚山靈恐見鞭水府愁為墟兵利德日削反為僊國屠至今鈎鏃残尚與泥沙俱照此月偣苦来兹烟亦孤丁魂尚有涙合洒青楓枯

投龍潭

名山潭洞中自古多祕邃君將接神物聊用申祀事
鎔金象牙角尺木無不備亦既奉真官因之徇前志
持來展明誥敬以投嘉瑞鱗光煥水容日色燒山翠
吾皇病秦漢豈獨探搜異所貴風雨時民皆受其賜
良田為巨浸汚澤成赤地掌訴一不行精靈又何寄
雖貪血食飽但擾驪珠睡何必費黃金年年投星使

孤園寺

浮屠從西來事者極梁武岩幽與水曲結構無遺土
窮山林幹盡竭海珠璣聚況即侍從臣敢愛烟波漁

幡條玉龍拓殿角金虬舞釋子厭樓臺生人露風雨
今來四百載像設藏雲浦輕鴿乱馴鷗鳴鐘和朝觴
庭蕉烈旗旆野蔓差纓組石上解空人窓前聽經麈
林虛葉迎織水淨沙堪數徧問得中天歸修釋迦譜

上真觀

嘗聞昇三清真有上中下官居乘佩服一々自相亞
霄裙或霞裳侍女忽玉姹坐進金碧腴去馳飈欻駕
今來上貢觀恍若心靈訝秪恐暫神遊又疑新羽化
風餘藏朱草雲破生瑶謝鑿極覔波平行虛信烟藉
閒閑飛龜帙靜倚宿鳳架俗狀既能遺塵冠聊以卸

人間方大大此境無朱夏岙蓋蔭日車泉紳拖天𨥂
寡幽不知倦後息芝國含鏘珮引涼婆娑香礼遥夜
無情走聲利有志依閒暇何處好迎僧希將石樓借

消夏灣

霞島陷雉泊雲峯奇来波蕭條千里灣獨自滑如秋
古岸過新雨高蘿蔭横派遥風吹燕蔑折處鳴颼颼
昔予守圭賣過於四禄四日為籧篨渠曲二音葦之異名今作
衹裯䙐衹丁二音並單衣頗押寒衣怪不封朱轂俠豈狎煙浪
涯坐可思重裘健若數尺鯉泛然双白鷗不識號大
井孰問名集丘我負飯鳥家尽室營扁舟貴遊名亟避

世消夏迓消憂

包山祠

靜境林麓好，古祠煙霧環。自非通靈才，敢陟群仙峯。百里波浪沓，中堂簫鼓垂。負君具瓊羞，髣髴來相從。清露濯巢島，陰雲生晝龍。風飄搖抽香，日動幡蓋容。犄命礼且潔，所祈年不凶。終當以號聞，特用諸侯封。

聖姑廟

渺々洞庭水，盈々芳嶼神。因知古佳麗，不獨湘夫人。流蘇蕩遥吹，斜領生輕塵。蜀綵駮霞碎，吳綃盤霧勻。可憐飛鷰姿，合是乘鸞賓。坐想烟雨夕，兼知花草春。

室登油壁車窈窕誰相覩好贈玉條脫堪奪紫綸巾
殷勤撥香池畫鷁汀洲頻明朝動蘭檝不翅星河津

太湖石

他山豈無石厥狀皆可薦端然選良工坐使天質变
或裁基棟宇礧砢成廣殿或剖出温瑜精光具華瑱
或將破仇敵百礮資苦戰或用鏡功名萬古妬會面
今之洞庭者一以非此選槎牙真不材反作天下彥
所奇者嵌崆所尚者葱蒨旁穿參洞究内竅均環釧
刻削九琳窓玲瓏五明扇新雕碧霞段旋剖秋天片
無方置池塘臨風只流眄

崦裏

山横路若絶轉纖逶平川川中水木幽高下兼良田
溝塍隨稜涵桑柘含曉烟處々倚籬落家々下漁筌
駿犢臥新茭野禽爭折蓮試招播首翁共語殘陽邊
今來九州内未得皆恬然賊陣始吉語在波又凶年
吾翁歎何道守此常安眠笑我掉頭去芳中聞剌船
余知隱地術可以齊真仙終當從

唐甫里先生文集卷之三

苙澤龜蒙字魯望著

五言古詩

和古杉三十韻

衆木盡相遺孤杉獨任奇揷天形硉兀當殿勢欹危恐是夸娥怒教臨巀嶭裛節穿開耳目根癭坐熊羆世只論榮落人誰問等衰初危切有巔從日上無葉與秋欺虒悖應難動鵰蹲不敢進戰鋒新鈌鑠燒岸黑𪐴斲闘死能骸雜爭奔鹿角差肢鎖洪水腦稜聳燒天瑂磔索珊瑚滂森巖獬豸窺向空分擘指衝浪出鯨

髻揚僕舡橦在蚩尤陣轟隳下連金粟固高用鐵菱披挻若符堅棲浮於祖納椎崢桀騖霧鶴趫趬閟雲螭傍宇將支壓椽霄欲抵殲背交蟲臂撟相向鶻拳追格音各筆差初加 又猶左階干阜未麾鬼神應晴晝風雨恐潛移已竟寒松伏偏宜石土瘦好邀清籟傲堪映古茅羨材大應容蝎年深必孕變後凋依佛氏初植必僧彌寺即東晉王家別墅僧彌王珉小字擁腫煩莊辯槎牙費度詞詠多靈府困摟呰亿權畀類既區中寡朋當物外推蟠[illegible]標日域珠草侍仙墀真宰誠求夢春工幸可毉蒼胠噆癬竹猶足動華滋

和新秋三十韵次韵

身閒唯愛靜籬外是荒郊地僻憐同巷庭喧厭累巢
岸声摇舴艋窓影雜蠨蛸遥舐溪禽下閑唯野客敲
竹岡從古凸池縁本来纇早藕擎霜節涼花束紫梢
漁情隨鏈網獵興起鳴髇好夢經年記名芳著處抄
木踈唯自補枝瘦欲誰扐窓靜常懸薜鞭閑不正鞘
山衣輕岕藻天籟逸弦匏蕙展風前苐梔烘雨後膠
蘚乾粘晚砌烟濕動晨庖洗約便畾藉楊雄重酒肴
目曾窺絕洞耳不犯征鐃曆外窮飛翮著中記伏爻
石林空家歷雲肆肯嘵譊松桂何妨蠹羈龍亦任嘲

未能丹作髓誰相愁爲胞莫把榮枯異但平和大小
色由弓猿不捷梁圈帝忘婦舊友懷三益關山阻二
岩道隨書簏古時共釣輪拋好作忘機士須爲莫逆
交看君馳諫草憐我臥衡茅出處雖冥默薫蕕肖溷
殺岸沙從鶴印崖蜜勸人藻白菌盈枯耕黃精綠滿
胥山同隱居信禪是淨名教勿謂江湖水終浮一大
泛

奉和江南書情二十韵寄祕閣帚校書貽之
商洛宋先輩垂文二同年次韵
我志如魚樂君詞称鳳銜暫來從露冕何事買雲巖

水石應容病松篁未聽說鐘香杉蠹膩山信藥苗緘
愛鷺篤敬危立思猿矍鑠衡謝才偏許眺阮放最憐咸
大樂穿[redacted]缶奇工肖顏珹容愁迷舊隱鴦健想秋酓
硯缺猶[redacted]文繁卻要芟雨餘幽沼淨霞散遂峯峴
洗筆炯成陵培花土作松訪僧還覓伴醫鶴自須監
荒廟猶懷季倩灘幾夢巖背風閙蠹簡衝浪試新帆
悶憶年支酒閒裁古樣衫釣家隨野舫仙蘊遂離函
度歲賒[redacted]馬先春買小蜮共蹤泉入竹同坐月過杉
滌輸窮高致壞賢裴至誠不堪潘子鬢愁侵易髟、
和憶洞庥觀步十韵次韵

聞君遊靜境雅具更搜、竹傘遮雲逕藤鞋踏蘚矼
杖斑花不一樽大瓢成双水鳥行沙嶼山僧礼石幢
已甘三秀味誰念百牢腔遂棹挼何處殘陽到幾忘
仙謡珠樹[redacted]村餉白醅缸地里方吳會人風似冉龐
探幽非遯世尋勝肯迷邦為讀江南傳何賢過二龐

和諫議龔郡敘懷六韵

已報東吳改初捎左契歸天應酬苦節人不犯寒威
江上思重借朝端望載飢紫泥封夜詔金殿賜春衣
對酒情何遂裁詩思極微倚升鎔造旧江海問漁扉

雜諷九首

紅蟹緣枯茱青蔺大如蹇人爭挨[illegible]（[illegible]力切）其臂羿矢亦

不中徵徵待賢祿一一希入夢縱操上古言口噤[illegible]

即責蛟龍在怒水拔取牙角弄丹穴如可游家富

幽鳳出門尚兒戲戰血波頭溶社鬼苟有靈誰能逷

秋慟　又

童麋來觸犀德力不相及伊無恒心事秖有首滋

況將鵬蟲校數又百與十攻如飢鶚吁勢危脫兔急

斯為枵關鍵怒箏扶以入年來横干戈未見拔城邑

得非佐饕者齒齒待啜汁羈維豪傑輩四駭方少鷙

此皆乘時利縱舍在呼吸吾歎亦其吭無雷動幽蟄

又

鶗鴂憭於氷陸立懷所適斯人道仍悶不得不嗚咤當時布衣士亦作天子客至今東方生論口自誇白終為萬乘交談笑無所隔致君非有書乃是堯舜書秖今侯門峻日掃負賤迹朝廷九韶音暮列五鼎食如聞莽隆語謇謇事夕陽可拍伊牧肩功名被金石

又

赤舌可燒城[redacted]易為伍詩人病之甚取俾投豺虎長風吹衆木始有音韻吐無木亦無風笙簧由喜怒女媧鍊五石天缺猶可補當其利口銜鑄漏不復數

元精遺萬類雙目如牖戶非是既相參重瞳亦[illegible]

又

東南有狂兕獵者西北矢利塵日冥冥獨此清夜止
無人語其事偶坐窺天紀安得東壁明洪洪用墳史
樓陽好古士一以蠶雲水流堪洒菁英風足去稗秕
如鯨出奇計坐可平賊壘徐陳羲皇道高駕大立軌
攫䟽成特雄濯垢爲具美貢賢當上賞景福視所履
永播南薰音垂之萬年耳

又

有蘗何青青空城雪霜裏千林盡枯槁岩節獨不死
他遭匠石瀕揔入犧黄美遂得保天年私心未爲恥

高從宿梟怪下亦容螻蟻大厦君掄材亭亭託君子

又

左右佩劒者彼此亦相笑趨時與閉門喧寂不同調
潛機取聲利自許臻乎妙志士以神窺軞寂貴可吊
天之發遐籟大小隨萬竅魁其鑪冶姿形質推所召
鼗笙磬竽瑟是以登清廟伊聖不吾欺誰能守蓬藋

又

橫笛鳴秋風清商入跳越君居不夜城肯然孤戍月
吳兵甚犀利太白光突兀日巳費千金虀（一作齏）閒侵一
豈無惡年少縱酒游俠窟募為敢死士未必梟叛

年豈無中林士貫穿學關骨兵法五十家諸篇如溟渤高懸鹿皮矚清潤時依機分已諸烟霞全遺章干謁既非將猛獸未可輕華髮比面師其謀幾能止征伐何妨泰山生勇又有曹劌説尭舜尚論錫公乎聽無怨

[redacted]又

朝爲壯士歌暮爲壯士歌壯士心獨苦傍人謂之何古鉄久不快倚天無處磨將來易水上猶足生寒波捷可悼飛猿健能超棗驅群兒被堅利索手安馮河鷲颷歸長林直木謝[redacted]科嚴霜凍大澤偃龍不如蛇昔者天亟碧吾徒安歎嗟

美人

美人抱瑶琵哀怨彈別鶴嶋嶋南北飛一旦異棲託
諒非金石性安得究如昨生為並蔕花亦有先後落
秋林對斜日光景自相薄猶歡悟君心朝朝佩蘭若

感事

将軍被鈇函衹畏金矢鐵豈知讒箭利一中成赤族
古来信簧舌巧韻凄鏘曲君聞悦耳音盡日聽不足
初因起毫髮漸可離骨肉所以達賢心求人須任目

素絲

國容麗獨蘭詩人吟五緵如何墨子淚反以悲途窮

我意豈如是須參天地功爲綫補君衮爲絲繫君襴左右修闕職宮商還古風端然潔白心可與神明通

次丝獨君韻

落日送萬古秋聲含七哀枯株不藺瑟枝幹虛崔嵬伊昔臨大道歌鍾醉高臺臺基今已平地秪有春風迴明月白草死積陰荒隴摧聖賢亦如此慟絶真悠哉

贈遠

茱萸匣中鏡欲照心還懶本是細腰人到來羅帶緩從君出門後不奏雲和管妾思冷如簧時時望君暖心期夢中見路永䰟夢短怨坐泣西風秋窗月華滿

江墅言懷

病身兼稚子田舍劣相容跡共公卿絶貧須稼穡供
月方行到閏霜始近来濃樹少栖禽雜村孤守犬重
汀洲歲晚弋籬落露寒舂野弁歌還憇家書拆又封
杉篁宜夕照窓户憶疎鍾南北惟聞戰縱横未勝農
大春雖昔學外夜本多慵直使貂裘弊猶堪過一冬

自和

命既時相背才非世所容著書糧易絶多病藥難供
夢為懷山數愁因忌酒濃鳥媒呈不一魚寨下仍重
晚樹蓑兼褐晴簷織帶春著籖分水味標石認田封

此地家三戶何人祿萬鍾草堂聊當貴金穴任輕農
把釣竿初冷題詩筆未慵莫憂桑事晚江上也嚴冬

村夜

江上冬日短徘徊草堂暝鴻當絕塞來客向孤村疾
緣緣起歸念咿唔興微詠菊徑月方高橘齋霜已併
盤飧蔬粟粗史籍藏脾感目冷松桂閑耳喧兒女嬈
開飛浮蟻綠試筆秋毫勁晝戶亦重關寒屏遞相
詩從騷雅得字費鈆黃正遇敵舞蛇[illegible]逢談捉麈柄
無名升甲乙有志扶荀孟守道希昔賢為文通古聖
幽憂廢長劍懶顏懸清鏡秪會魚鳥情詎知時俗性

浮虛多徇勢老懶徒歷聘既不務人知空餘樂天命
如何在田野家事苦遼敻耕穫一以徵囷倉自然罄
愁襟風葉亂獨坐燈花迸明發成浩歌誰能少傾聽

又

世既賤文章歸來事耕稼伊人著農道（元[illegible]子有農道）我亦
賦田舍所悲勞者苦敢用辭爲詫秪效芻牧言誰防
輕薄罵嘻今居寵祿各自矜雄霸堂上考華鍾門前
竚高駕纖洪動絲竹水陸供鱠炙小雨靜樓臺微風
動蘭麝吹噓川可倒眄睞花爭姹萬户膏血窮一筵
歌舞價安知勤播植卒歲無閑暇種以春鳸（扈）初穫

從秋隼下亭亭望穜稑搰搰條桑柘日晏腹未充竊
繁體猶眯平生守仁義所疾唯狙詐上誦周孔書沈
湎至酣藉豈無致君術堯舜馳一作不上下豈無活國方
頗牧齊教化蛟龍任乾死雲雨終不借羿臂束如因
徒勞誇善射才能譜箕斗辯可移嵩華若與時輩量
飢寒殆相亞長吟倚清瑟孤憤生遙夜自古有遺賢
吾容偏稱謝

紀事　蜀本作二首

本作漁釣徒心將遂疎放豈爲飢寒累未得恣閒暢
去年十二月身在霅溪上病裡賀豐登鷄豚聊饋餉

巍峩下山雪凝冽不可向瘦骨倍加寒徒爲厚繒纊晴來露青靄千仞缺尋杖卧想王華銷時時推枕望雖然榮衛困亦覺精神王把筆强題詩粗言懷悽狀吳興鄭太守文律頗清壯鳳尾與鯨牙紛披落新唱緘書寄城内唐突無以況料峭採蓮船縱橫歘天浪方傾謝公詠忽值莊生喪（鄭員外仁規是年受代俄喪偶）默默阻徽音臨風但惆悵春歸殆秋末固自嬰微恙歲晏（一作昇）弗躬親何由免欺誑今來觀刈穫乃在松江並（步浪切）門外兩潮過波瀾光蕩漾郡縁新卜築是事皆草創爾後如有年遥應恆微（一作收）尚天高氣候爽野逈襟懷曠感

訥勤牢愁憤時頻骫口很切骿子郎切平生樂篇翰至老安敢
忘駿骨正牽鹽玄文終覆醬嗟今多赤舌見善唯赦
謗忖度大為防涵容寬作量圖書篋簏外關眼皆贅
長餓隸亦勝無薄田家所仰稍離飢寒患李古真可
強聖道庶經營世途多踉蹌近聞天子詔復許私醞
釀趨促使奉酒材呼兒具盆盎宵長擁吟褐日晏開
書幌我醉卿可還陶然似元亮

孤鴈

我生天地間獨作南賓鴈哀鳴慕前侶不免飲啄晏
雖蒙小雅詠未脫魚網患矧是婚礼須憂為弋者篡

晴鳶爭上下，意氣昔淩慢。吾常嗤鶯雛，爾輩何足訕。回頭語晴鳶，汝食腐鼠慣。無異駑駘群，戀短豆卓犖。豈知瀟湘岸，葭菼蘋藻間。有石形狀奇，寒流古來灣。閒看麋鹿志，了不變獨豢。世所重巾冠，何妨野夫丱。騷人誇蕙芷，易象取陸莧。漆園逍遙篇，中亦載[illegible]鷃。汝惟才性下，嗜好不可諫。身雖慕高翔，囊壞是[illegible]貽。或聞通鬼魅，恠祟立可辨。硩蔟書尚存，寧容逃妖幻。硩蔟，周礼秋官司寇下硩蔟氏掌覆夭鳥之巢。硩，鄭司農讀為擿，又他歷反。蔟讀為爵蔟之蔟，謂巢也。惡鳴鳥也。

南涇漁父 一作南溪

予方任疏慵，地僻即所好。江流背村落，偶往心已嫽。

力報切田家相去遠岑寂且縱傲出戶手先節見人頭未帽南涇有漁父往往攜稚造問其所以漁對我真道蹈吾初籍魚鼈童丱至于耄耋究與生成自然通壹與孜孜戒吾屬天物不可暴大小參去留候其孳養報終朝獲漁利魚亦未嘗耗同覆天地中常遠仁辜覆燾余觀為政者此意諒難到民皆死求搜莫肯與慈悼今年川澤旱前歲山源潦牒訴已盈庭聞之類禽噪譬如豢雞鶩豈不容乳抱孟子譏宋人非其揠苗躁吾嘉漁父言雅叶賢哲操倘遇採詩官斯文誠敢告

引泉 睦州龍興觀老君院作

上嗣位六載吾宗刺桐川余來拜旌戟詔下之明年是時春三月繞郭花蟬聯嵐盤百萬髻上插黃金鈿授以道士舘置榻於東偏滿院聲碧樹空堂影老仙本性樂凝澹及來更虛玄焚香禮真像盥手披靈編新定山角角烏龍獨巉然除非淨睛目不見蒼崖顛上有拏雲峯下有噴壑泉分數十汊落處處皆崢潺寒声入爛醉聒破西牕眠支節起獨尋秖在墻東邊呼童具畚鍤立鑿苺苔穿瀎漴一派墜練帶橫斜牽乱石抛落落寒流響濺濺狂奴七里瀨縮到踈楹前

跳蒼潑半散涌沫飛旋圓勢東三峽掛瀉危孤[illegible]
曾聞瑤池溜亦灌朱草田晁伯弄翠蕊鸞[illegible]舞丹[illegible]
凌風掇桂桅隔霞毦犀船況當玄元家嘗著道德篇
上善可比水斯文參五千精靈若在此肯惡微波傳
不擬爭滴瀝還應會淪漣出門復飛箭合勢浮青天
必有學真子鹿皮秋鶴顏如能輔余志日使跡其源

秋日遣懷十六韻寄道侶

盡日臨風坐雄詞妙略兼共知特世儔寧恨歲華淹
且把靈方試休憑吉夢占夜燃燒汞火朝鍊洗金鹽
有路求真隱無媒舉孝廉自然成笑傲不是學沉潛

永恨同心隔霜愁兩鬓露鶴屏憐掩翦烏帽愛垂簷
雅調宜觀樂清才稱典籤冠攲玄髮少書健紫毫尖
故疾因秋召塵容畏日黔壯圖須行行儒服謾襜襜
片石聊當枕橫烟欲代簾蠹根延穴蟻踈葉編庭蟾
樂鼎高低鑄雲庵早晚苫胡麻如重寄從誚我無厭

唐甫里先生文集卷之三終

唐甫里先生文集卷之四

笠澤陸龜蒙字魯望著

五言古詩

紀夢游甘露寺（寺在京口北固山上）

昔臥嵩高雲雲窻正寒夕披裘忽生夢似到空王宅嵾天一峯直欄楯橫半壁級倚緣巔差閣臨赤霄闢捫虛陟孤峭不翅千餘尺疊掌望界邑分明袒肩釋凌香稽首罷嘹嘵

高戸乘北風声號大波白光中目難送定騐方可覿樹細鴻濛烟島殘零落碧須臾羣籟入空水相噴激積浪亞寒堆呀如鬭危石

跳音簇鞞鼓濺沫交矛戟烏疾帆之奔紛紛助勍敵思非水靈怒即是饑龍擘怯懾不敢前荷襟汗霑簾迴經定僧處泉木光相射巖巒雲族棲招柯露華適逍遙得莫𨘋邐迤尋常跡山腹貯孤亭嵐根四垂帝誰題雪月句乃是曹劉格（愛樹亭有敬太尉房公詩）閒關一枝瓊邊樓數聲笛吟高矍然起若自蒼君是擲短燭墮餘花圓蟾掛斜晛自從神錫境無處不登陟忽上南徐山心期豁而獲豈伊煩惱骨合到清涼域暗得胡蝶身終期盡相識柰何有名氏未列金閨籍飄颻北頂童得奉莫如蒙雲濤觸風望毫管和烟搦聊記夢中游留之

問禪客

京口与友生話別

昔是悲秋客相逢恨不堪鴈頻辭薊北人尚在江南名刹機初發樵漁事先諳松門穿截寺荷徑繞秦潭秦潭始皇所開繩檢真難束疎慵却易耽枕嘗萬樹穩茶試遠泉甘祭上經淮一樽前雜抵三風雲勞夢想天地入醺酣曆自堯階數書同禹穴探御龍雖世祿下馬亦清譚國計徒盈篋家儲不滿龕斷簾從燕出穀弁請人簪木墜涼來葉山櫳霽後嵐竹窗深尋篠苔洞綠合龍弇積行依顔子和光則老聃杖錢爲亮節披信作

鮫函養鷺看窺沼尋僧助結綮功名思馬援歌唱咱
羊曇乞食羞孤鳳無衣羨八蚕繫帆留宿客吟句徑
龕貯籠鶴空無衛占烏未見鄲香還復是桂青會出
於藍蜀酒時傾瓮（滿貢反從寫呼）吴鰕徧（從敎）甜（苦甘）玉封千梃羈
霜閉一筒柑惜珮終邀禍辭環妒溦覓寰雖删澹
戍夏返梗柟碧玉雕琴鷹黃金飾劒鐔燗緣游砌引
求為藥畦擠博物君能繼馬才紊尚懸別離猶得在
秋鬢来鬢

丹陽道中寄文珠

烟樹緣微徹春流浸竹扉短篁裹擕去孤艇載瓮孑

海俗薑藷村娃線東衣襪栽奴橘老新刈女棄肥
錦鯉銜風檝綠禽掠浪飛短亭縱徑入陳廟數峯圍
地震金牛□陵荒石獸稀思君同一望帆上怨餘暉

寄茅山何道士

修身持玉冊丹訣未應傳况是曾同宿相違便隔年
問顏知更少聽話想踰玄古篆錄文垂露新金衣絕炯
蜂供和餌蠶人寄買溪錢紫斑長巢硐青龜忽二蓮
篋藏徵隱詔囊佩攝生篇圍腰芝臺秀巖春乳管圓
迷棲子孫鶴堂宿弟兄仙幸閱靈書次心期賜一編

江南秋懷寄華陽山人

櫛髮涼天曙含毫故國情鬱心一夜極病體九秋輕
忽起襜褕詠因悲絡緯鳴逢山即堪隱何路可圖縈
揲筴空占命持竿不釣名忘憂如有待縱懶似無營
小徑纔分草斜扉劣辨荊冷荷承露菂蝀菊臥烟莖
譜為聽琴閱圖緣看海燈鷺毛浮島白魚尾撇波赬
庭橋低攀嗅園葵旋折烹餘烏窺食案鬭鼠落書棚
種荳悲楊惲投瓜憶衛旍東林誰處士南郭自先生
分野星多蹇連山卦少亨衣裙徒愽大文籍漫縱橫
蘭葉騷人珮蓴絛內史羹鶡冠難適越羊酪未饒傖
倚嘯微抽恨論玄好析酲棲遲勞鼓篋豪俠愛金籯

鍊藥傳丹旨嘗茶試石鼎沿連檐帶晴牕對朓梧明
未達譏張翰非才嫉禰衡遠懷視易　發憤骨堪驚
礪鈌知矛利磨瑕見璧瑛道源蹤滴瀝儒肆售精誠
敢嘆良時擲猶勝亂世　相秦猶幾死王漢尚當黥
飲啄期應定窮通勢莫爭皃鉗爲皂隸譚笑得公卿
洛日安知量追風不計程塵埃張耳分肝膽季心傾
諭蜀專操檄通甌獨請纓匹夫能曲踊萬騎可橫行
許國輕妻子防邊重戰耕像分工尊酒驟厭五侯鯖
書覽誥三語從容等一枰弘深司馬法雄傑貳師兵
朔雪埋烽燧寒笳裂旆旌乘時收句徑即日掃欃槍

武昔咸殊俗文今被八紘搸潢陳始畢部夏教初成
芽孽群妖殘掐鴟百度貞郎官青瑣拜使若繡衣迎
帝遣將雲闢澆波漸砥平學徒羞說霸佳士恥爲黔
負杖歌栖畝操觚賦北征才當書斗怯書比惠韋盈
謝氏憐兒女鄉家貴舅甥雖叢維珪宅莫贈景山鎗
賢彥風流遠江湖思緒縈謳啞搖舴艋出沒漾鵁鶄
曉樹參差碧奇峯邐迤晴水喧槐紫芡村響睇香杭
荷簦漁翁古穿蘿守犬獰公移白紵卷田餉綠筲攀
也与膏腴錯人員禽壽騈炯懷時怵悵泰獨坐歲崢嶸
御讀[illegible]進行[illegible]風[illegible]錢素箏

未得文章力何由俸祿清和鉛還揩揩持斧自丁丁
驚懼疑凋朽功勤過屑瓊凝神披夕秀盡力取朝英
蠹簡開塵篋寒燈立曉檠靜翻詞客系閑難史官評
天地窮舒慘山川自變更秖能分好惡詎解等殤彭
項豈重瞳聖夔猶一[illegible]足阮高酣麴蘗莊達謝犧牲
齗舌無勞話寬心豈可盛仁從鑪冶鍛莫受尉羅罼
硯撥萍根洗舟衝藕穗撐短床編翠竹低机凭紅檉
霜信催楊柳烟容裛杜衡術排巢燕燕屛蓋醉猩猩
嬾檜推嵐影飛泉撼玉琤艫舳尋遠近握槊鬭輸贏
棱壓離披谿簷垂礧砢橙尽情及宗柄抱疾過刘楨

野饋夸菰飯江商賈蘇錫送神抱瓦釜留客上瓷甌
攀檝揮青劍鳴榔扣遠鉦鳥行詫蒼碧魚隊破泓澄
手戟非吾事腰鐮且發硎坑䗶諒難求摽摽上声聊欲取
錚ゝ幾斂蚤甘蓼還思鹿羨羔悲長難自剪歌斷有
誰賡未去師黃石空餘詵白珩性端林激液言羨儀
抽萌地僻琴鐏獨溪寒杖攫清物齋消賸對戈倒共
心盟緣电靈妃瑟釜瀫太子笙幽棲譽竹塢仙質興
逢瀛想像珠襦鳳追飛翠蕊鸞靈鬟深杳惝雲巒
敲鏗篆錄字多階　華陽是吳埜人齋隨一室盡日思
曾成匿景崦嵒邑阿空澈澥声魯嘗營巨鼇東載射

長鯨

送宣武從事越中按獄

曉看星使範知歆救星軺水國難驅傳山城便倚橈秉籌先獨立持法稱高標旌旆臨危渫金絲叢麗譙别愁當翠巘寬望隔風潮木落孤帆迴江寒疊鼓飄客鴻吳島盡殘雪剡汀消坐想休秦獄春應到柳條

七言古詩

寄懷華陽道士

華陽門外五芝生飡霞愁君入杳冥遥夜獨栖還有夢昔年相見便忘形爲今科斗親銘槧与說璚蝌坐

竹櫪醮後幾時疑紫閣别來終日誦黄庭間教辨藥
僮名甲静識窺巢鶴姓丁絶澗飲羊春水膩傍林燒
石野烟腥深洸谷響含蹤磬片段嵐光落畫屏沐探
古書探禹穴自刊新曆闘堯蓂珠　鳳合迎蕭史玉
籍入誰訪蔡經架上黑椽長榻穩業頭丹篆小符靈
覓軒入洞齋初月羽節升壇拜七星當路獨行衡虎
剱向風孤嘯起雷霆凝神密室多生白叙事聯編盡
稜青匜地州川皆晴寫隱天竿稱紙間聽分張火力
燒金竈拂拭苔痕洗酒餅翠壁上吟朝復暮煖雲邊
卧醉還醒倚身長短栽節杖情寄高低結草亭直用

森嚴朝北帝愛停清淺問東溟常思近圃看截右提
借鄰峯伴采夸拚樹半扉晴靄靄青琴殘燭曉夢楚
舊來捫虱知王猛欲去爲龍歎管寧蟾蜺幾塵臨蕙
帳漁竿猶尚桃楓汀御炯細草無端綠冒雨開花作
意簷掠岸鷺波洗翡翠入簷斜照璇蜻蜓初征漢棧
宜飛橡待破璉山好勒銘六轡未收千里馬一囊空
負九秋螢豢悲雌伏真方枘他騁雄材似建瓴合在
深崖齋散术自求滄海斷流評頻抛俗物心還塞遠
懷幽期日剩瞑見買扁舟束真詰手披仙語任揚般

唐甫里先生文集卷之四

唐甫里先生文集卷之五

笠澤龜蒙字魯望著

五言八句

螢

宵翅雖振羽咸從盡醍氷風豈流還急烟連點暫變不須輕列宿終可擬孤燈莫倚隋家事曾煩下詔徵

蟬

祇憑風作使全仰柳爲都一腹清何甚雙翎薄更無伴貂金換酒并雀畫成圖恐是千年恨偏令落日呼

秋熱

自昔秋㨂扇，今來意未衰。殷勤付柔握，淅瀝待清吹。午氣朱崖近，宵声白羽隨。揔如南國候，無復婕妤悲。

村中晚望

扡杖柴門立，江村日易斜。鴈寒猶憶侶，人病更離家。短鬢看成雪，灘畔舊有花。何須萬里外，此是天涯

漁具并序

天隨子數于海山之顔有年矣，矣奧之具莫不窮極其趣。大凡結繩持綱者揔謂之網罟。網罟之流曰罛、曰罾、曰罺（側交反）。圓而揔捨曰罩，挾而升降曰罶（女減反）。緡而竿之揔謂之筌。筌之流曰筒、曰

車橫川曰梁承霤曰筒編而流之曰箄(音甲)矛而卓之曰籍(音冊矛也)棘而中之曰叉鏃而綸之曰射扣而騃之曰棖(以薄板置兎器繫之以驅魚)置而守之曰神(鯉魚滿三百六十歲蛟龍輒率而飛置一神守之則不能去矣神鼈也)列竹於海澨曰滬(吳之滬瀆是也)錯薪於水中曰篸(槮)所載之舟曰舴艋所著之器曰笭箵其他或術以招之或藥而盡之皆出於詩書雜傳及今之聞見可考而驗之不誣也今擇其任詠者作十五題以飄噫矣寠之具也如此余既歌之矣矢民之具也如彼誰其嗣之鹿門子有高灑之才必爲家同作

網

大罟網目繁空江波浪黑沈沈到波底恰共波同色
牽時萬鬐入已有千鈞力尚悔不横流恐他人更得

罩

左手揭圓罘輕橈弄舟子不知潛鱗處但去籠烟水
時穿紫屏破忽値朱衣超貴得不貴名敢論魴與鯉

罟

有意莫小鮮乘流駐孤棹雖然煩取舍未肯求津要
多爲蝦蜆誤已分鵁鶄笑寄語龍伯人荒唐不同調

釣筒

短短截筒光悠悠臥江色蓬差鰟相應而慢烟交織
須臾中芳餌迅疾如飛翼彼竭我還浮君看不爭得

釣車

溪上持隻輪溪邊指茅屋閑乘風水便敢議朱丹轂
高多倚衡懼不有折軸速曷若載逍遙歸來臥雲族

魚梁

能編似雲薄橫絕青川口缺處欲隨波波中先置笱
投身入籠檻自古難飛走盡日水濱吟殷勤謝漁叟

叉魚

春溪正含綠良夜才參半持矛若羽輕列燭如星爛

傷鱗跳竄藻碎首沉遂岸盡族梁東流傍人作佳玩

射魚

彎弓注碧潯掉尾行潭沚青楓下晚照正在澄明裏抨弦斷荷扇濺血殷菱蘂若使禽荒聞移之暴烟水

鳴榔

水淺藻荇澁鉤罩無所及鏗如木鐸音勢若金鉦急驚之就深處用以資俯拾搜羅爾甚微遺去將何入

滬　吳人今謂之斷

萬植欒洪波森然倒林薄千顛咽雲上過半隨潮落其間風信背更直雷声要天道之衰多吾將移海若

篸 吴人今謂之叢

斬木置水中枝條互相蔽寒魚遂家此自以爲生計

春氷忽融冶盡取無遺窩阱託成禍機臨川一嘅聯

種魚

鑿池收頳鱗踈踈置雲嶼還同汗漫遊遂以江湖憂

如非一神守潛彼蛟龍圭校龍若無道駮鼇亦可禦

藥魚

香餌綴金鉤目中懸若幾盈川是毒流細大同時死

不惟空飼犬便可將貽蟻苟負竭澤心甚枙盡如此

舴艋

進棹兩三事，天然相与閙。朝隨稚子去，暮唱菱歌還。倚石遲後侶，徐橈借遠山。君看萬斛載，沉石須臾間。

笭箵

誰謂笭箵小，家謂笭箵大。盛魚自足食，豈能為官時。將刷蘋浪又，取懸藤帶。不及腰上金，何勞問蓍蔡。

和添漁具五篇

漁菴

結茅次烟水，用以資嘯傲。豈謂釣家流，忽同禪室號。閒憑山叟占，晚有溪禽嫁。華屋莫相非，各隨吾所好。

釣磯

揀得白雲根款潮未曾沒坡陁坐龜背散漫垂龍髮
持竿從掩霧置酒復待月即此放神情何勞適吳越

蓑衣

山前度微雨不廢小澗漁上有青襏襫下有新[illegible]
滴灑珠影泫離披嵐彩虛君看荷製者不得安吾廬

篛笠

攜下楓浦晚載出烟艇冒雪或平簷聽泉時仄頂
飈移霤䙋色波亂危如影不識九衢塵終年居下洞

背篷

敏手試江筠隨身織烟　沙禽固不知釣伴猶初覺

聞從翠微拂靜唱滄浪濯見饒萬山潭漁童盡能學

樵人十詠 并序

環中先生謂天隨子曰予與鹿門子應和爲漁具詩信盡其道而美矣世言樵漁者必聯其命稱且常與隱君子事詩之言錯薪禮之言負薪傳之言積薪史之言吏薪非樵者之實乎不可足以寄興詠獨闕其詞耶退作十樵以補其闕漏寄鹿門子

樵谿

谷口深蒼蒼但羣木抽條欲千尺衆亡髡樸樕

一朝蒙剪伐萬古辭林麓若遇燎玄穹徵烟出雲族

樵家

草木黃落時比鄰見相喜門當淸澗盡屋在黃雲裡
山棚日纔下野竈烟仍起所謂順天民唐堯亦如此

樵叟

自小即胼胝至今凋鬢髮所圖山褐厚所愛山爐熱
不知冠蓋好但信烟霞活富貴如疾顚吾從老巖穴

樵子

生在蒼崖邊能諳白雲養（去聲山家謂養宗地爲養）纔穿遠林去已在
孤峯上薪和野花束步帶山詞唱日暮不歸來柴扉

有人望

樵逕

石脉青靄間，行行自終絶。方愁山嶚嶢，更值雲遮截。爭推好林浪，共約題時節。不似名利途，相期霞車轍。

樵斧

淬礪秋水清，携持遠山曙。丁丁在前澗，杳杳無響處。巢傾鳥猶在，樹盡猿方去。授鉞者何人，吾今易其慮。

樵檐

輕無千儲重，價則筋力絶。欲下半巖時，屢躋兩如結。或高勢還却，雪厚疑中折。負荷誠獨難，移之贈表哲。

樵風

朝隨早潮去暮帶殘陽返向背得清飈相追無近遠
採山一何遲服道常苦蹇仙術信能爲年華未將晚

樵火

積雪抱松塢蠹根燃草堂深爐與遠燒此夜仍交光
或似坐奇獸或如焚異香堪嗟宦遊子凍死道路傍

樵歌

縱調爲野吟徐徐下雲磴因知負樵樂不減援琴興
出林方自轉隔水猶相應但取天壤情何求郢人稱

和酒中十詠

酒星

萬古醇酎氣結而成晶熒降為愁民徒動与樽罍并不獨奈天廟亦應邀客星何當八月槎載我遊青冥

酒泉

初懸碧崖口漸注青谿腹味既敵中山飲寧拘一斛春疑浸花骨暮若酣雲族此地得封侯終身持美祿

酒篘

山齋醞方　野童編近成持來歡伯內坐使賢人清不待盎中滿旋供花下傾汪汪日可挹未羡黃金籯

酒床

六尺樣何奇溪邊濯來潔槽深貯方半石重流還涸
閒後秋病可偶聽寒夢缺往往枕眠時自題陶靖節

酒壚

錦里多佳人當壚自沽酒高低過反坫大小隨圓瓿
數錢紅燭下滌器春江口若得奉君歡十千求一斗

酒樓

百尺江上起東風吹酒香行人落帆上遠樹涵殘陽
凝睇復凝睇一觴還一觴須知凭欄客不醉難為腸

酒旗

摇摇倚青岸遠蕩遊人思風歃翠竹杠雨澹香醪字

幾來隔烟見已覺臨江　大旆非不榮其如有王事

酒樽

黃金即為侈白石又太拙斲得奇樹根中如老蛟穴
時招山下叟共酌林間月盡醉兩忘言誰能作天舌

酒城

何代驅生靈築之為釀池雉無甲兵守但有糟漿氣
雉堞屹如狂女墻低似醉必若據而爭先登儀狄氏

酒鄉

誰知此中路暗出壺無際舊莫是鄰封華胥為附麗
三杯聞古樂伯雅逢遺裔自爾等榮枯何勞問玄弟

唐甫里先生文集卷之六

笠澤陸龜蒙字魯望著

五言八句

添酒中六詠

鹿門子示余酒中詠物古而詞麗旨高而性真可謂窮天人之際矣余既和而且曰昔人之於酒有注為池而飲之者象為龍而吐之者親盜罋間而卧者將實舟中而浮者可為四荒矣徐景山有酒鎗嵇叔夜有酒杯皆傳於後代可謂二高矣四荒不得不剩二高不得不頒更作

六章附于末云

酒池

萬斛輸曲沼千鍾未為多殘霞入醍齊遠岸澄白鄭后土亦沈醉姦臣空浩歌適來荒淫君尚得乘餘波

酒龍

銅雀羽儀鬣金龍光彩奇潛傾鄭宮酒忽似商庭糵若怒鱗甲赤如酣頭角垂君臣坐相滅安用驕奢為

酒篘

候煖麴糵調覆深苦蓋淨溢霧每淋漓沈柴還滲瀅嘗聞清源酎可養希夷性盜飲以為名得非君子病

酒船

昔人性何誕欲載無窮酒波上任浮身風萊郎開口
羨唐意難遂洮酒名不朽千古如此肩問君能繼不

酒鎗

景山實名士所說垂清塵嘗作酒家語自言中聖人
奇器贊含古拙糟味應醇唯懷魏公子郎此飛觴頻

酒杯

叔夜傲天壤不將琴酒疏製最為酒中物恐是琴之餘
一弄廣陵散久絕交書類然擲林下身世但何如

和茶具十詠

茶塢

茗地曲隈回野行多繚繞向陽就中密背澗差還少遥盤雲髻慢亂簇香篝小何處好幽期滿巖春露曉

茶人

天賦識靈草自然鍾野姿閒來北山下似與東風期雨後探芳去雲間幽路危唯應報春鳥得共斯人知顧渚山有報春鳥

茶筍

所孕和氣深時抽玉苕短輕烟漸結花嫩蕊初成管尋來青靄曙欲去紅雲煖秀色自難逢傾筐不曾滿

茶籝

金刀劈翠筠織似波文斜製作自野老携持伴山娃

昨日鬬烟粒今朝貯緑華爭歌調笑曲日暮方還家

茶舍

旋取山上材架爲山下屋門因水勢斜壁任巖隈曲

朝隨鳥俱散暮與雲同宿不憚採掇　秖憂官未足

茶竈 經云茶竈無突

無突抱輕嵐有烟映初旭盈鍋玉泉沸滿甑雲芽熟

奇香襲春桂嫩色凌秋菊煬者若吾徒年年看不足

茶焙

左右擣蹝膏朝昬布烟縷方圓隨様柏次第依層疊

山謠縱高下火候還文武見說焙前人時時炙花脯

（壺花焙人以花為脯）

茶陽

新泉氣味良古鐵形狀醜那堪風雪夜更值烟霞友

曾過頳石下又住清溪口（頳石清溪皆江南山名茶處）且共薦皐盧（名茶）何

勞傾斗酒

茶甌

昔以謝塸埞徒為妍詞飾（[illegible]）[illegible]又有

烟嵐色光參筠席上韻雅[illegible]金罍側直[illegible]于[illegible]

未嘗識

煮茶

閒來松間坐看煑松上雪時於浪花裏併下藍英末
傾餘精爽健忽似氛埃滅不合别觀書但宜窺玉札

四明山詩

謝遺塵者有道之士也嘗隱於四明之南雷一
旦訪余來語不及世務且曰吾得於玉泉生知
子性誕逸樂神仙中書探海嶽遺事以期方外
之交雖銅墻鬼炊虎獄夠餌無不窺也
子語吾山之奇者有峯最高四穴在峯

上每天地澄霽望之如牖戶相傳謂之石窗郎四明之目也山中有雲不絕者二十里民皆家雲之南北每相從謂之過雲有鹿亭有樊榭有潺湲洞木實有青欞子味極甘而堅不可卒破有猿山家謂之鞠侯其他在圖籍不足道也凡此佳處各為我賦詩余因作九題題四十字謝省之曰玉泉生眞不誣矣好事者爲余傳之因呈襲美

石窗

石窗何處見萬仞倚晴虛積靄迷青璅殘霞動綺疏

山應列圓嶠宮便接方諸舩有三奔客時來　隱書

過雲

相訪一程雲雲深路僅分嘯臺隨日辨樵斧帶風聞

曉著衣全濕寒衝酒不醺幾回題思靜鬢髮見蘇君

雲南

雲南更有溪丹礫盡無泥藥有巴賨賣枝多越鳥啼

夜清先月午秋近少嵐迷若得山顏住芝篁手自攜

雲北

雲北是陽川人家洞壑連壇當星斗下樓拶翠微邊

一半遙風雨三條古井烟金庭如有路應到左神天

鹿亭

鹿亭巖下坐時領，白鹿翶過草細眠。應久泉香飲自多，謾聲來月嶋尋跡。到烟蘿早晚呑金液，騎將上絳河。

樊榭

樊榭何年築，人應白日飛。至今山客說，時駕玉麟歸。乳篝懸松嫩，芝臺出石微。憑欄盡目斷，不見明霞衣。

潺湲洞

石成洞門深，潺湲萬古音。似吹笙羽管，如奏落霞琴。倒穴睎龍沫，穿松濺鶴襟。何人乘月弄，應作上清吟。

青櫺子

山賓號青櫺環岡次第生外形堅綠競中味敵瓊英
墮石樵兒拾敲林宿鳥驚亦應仙吏守時取薦層城

鞠侯

徇事鞠侯名先封在四明但為連臂飲不作斷腸声
野蔓垂纓細寒泉佩玉清滿林遊宦子誰為作君卿

和五既詩

五瀉舟

樣自桐川得詞因隱地成好漁翁亦喜新白鳥還驚
沙際擁江沫渡頭橫雨声尚應嫌越相遺禍不遺名

華頂杖

萬古陰崖雪靈根不為枯瘦於僊鶴脛奇似黑龍鬚
拄訪談玄客持看潑墨圖湖雲如有路兼可到仙都

太湖硯

誰截小秋灘閒窺四緒寬繞為千嶂遠深置一潭寒
坐久雲應出詩成墨未乾不知新傳物何處擬重刊

烏龍養和

養和名字好偏寄道情深所以親逋客兼能助五禽
倚肩滄海望鉤膝白雲吟不是逍遥侶誰知世外心

訶陵樽

魚骼匠成樽猶殘海浪痕外堪欺玳瑁中可酌崑崙

酒細水繞苔磯曲山當草閣門此中醒復醉何必問乾坤

詶早春病中書事

秖貪詩調苦不計病容生我亦休文瘦君能叔寶清

樂須勤一脈春興累多情欲入毗耶問無人敵淨名

又詶次韻

從來多遠思尤向靜中生所以令亦苦還應是骨清

酒香攔入夢花落又閑情積此風流事爭無後世名

詶秋晚見贈二首

爲愛晚窓明門前亦懶行圖書看得熟隣里見還生

鳥啄琴材響僧傳藥味精知君多古思携手上空城

何事樂漁樵巾車或倚橈和詩盈古篋賒酒半寒瓢失雨園蔬赤無風蚛葉凋清言一相遺吾道未全消

別離

丈夫非無淚不灑離別間杖劍對樽酒恥為游子顏蝮蛇一螫手壯士疾解腕所思在功名離別何足歎

和初冬章上人院

每伴來方丈還如到四禪藥承荒砌露茶待遠山泉盡古全無跡林寒却有烟相看吟未竟金磬已泠然

襲美題郊居十首次韻

近來雖樂靜移傍故城居閒打修琴料時封謝藥書

夜停江上馬晴巒從中魚出之圖何事無勞置棧東

又

倩人醫病樹看僕補衡茅散髮還同阮無心敢慕巢
簡便書蠹竹樽詩破霜匏日好林間坐烟蘿迹欲交

又

倭僧留海紙山匠製雲裝懶外應無慾貧中直是王
池平鷗思喜花盡蝶情忙欲問新秋計菱緣一畝强

又

故山空自擲當路竟誰知秖有經時策全無養拙資
病深憐久客炊晚信樵兒謾欲陳風俗周官未採詩

又

福地能容墜玄閑詎有扉靜思瓊板字閒洗鐵節衣鳥破涼炯下人衝暑雨題故園秋草夢猶記綠微微

又

水影沈奐器鄰声動綿阜鷺輕捎墜葉蜂懶臥燋花說史評諸例論兵到百家明時如不用歸去種桑麻

又

禹穴奇編缺雷平異境殘靜吟封籙檢遯興剖帆竿白石堪為飯青蘿好作冠幾時當斗柄同上步罡壇

又

强起披衣坐，徐行處暑天。上階来鬬雀，移樹去驚蟬。莫問塩車駿，誰看醬瓿玄。黃金如可化，相近買雲泉。

又

野入青蕪巷，波侵白竹門。風高開栗刺，沙淺露芹根。迸鼠緣藤桁，饑烏立石盆。東吳雖不改，誰是武王孫。

又

踈慵真有素，時勢盡無能。風月雖為敵，林泉幸未憎。酒材經夏闕，詩債待秋徵。秪有君同癖，閑来對曲肱。

和旅泊吳門韻

高秋能叩觸，天籟忽成文。苦調雖潜倚，靈音自絕羣。

茅峯曾醮斗笠澤久眠雲許伴山中躅三年任一醺

次張廣文見酬和詩韻

獨倚秋光岸風漪學黌文玄堪教鳳集書將換鵞群
葉隨平臺月香消古徑雲强歌非白紵聊以送餘醺

延陵張寧

春盡未離閱之官亦似閒不嫌　薄俸為喜帶名山墅
禱三真後高吟十字還（季子有仲尼所書十字碑）秪應江上鳥時下訟庭閒

送人羅官歸茅山

呼僮曉拂鞍歸上大茅端薄俸雖休　明霞自足飡
臨霜拾粧赤驟雨草堂寒又鑿中峯石重修醮月壇

唐甫里先生文集卷之七

笠澤陸龜蒙字魯望著

五言絶句

人日代客子 是日立春

人日兼春日長懷復短懷遥知雙綵勝併在一金釵

築城詞二首

城上一抔土手中千萬杵築城畏不堅堅城在何處

又

莫歎將軍逼將軍要却敵城高功亦高爾命何勞惜

古意

君心莫淺薄妾意正栖託願得雙車輪一夜生四角

追和幽獨君詩韻

靈氣獨不死尚能成綺文如何孤窆裏猶自讀三墳

春曉

春庭曉景別清露花邐迤黃蜂一過慵夜夜棲香蘂

雜興

桃李傍簷楹無人賞春華時情重不見却憶菖蒲花

鴈

南北路何長中間萬弋張不知烟霧裡幾隻到衡陽

寄遠

鬢亂羞雲卷眉空蹙月生中衆猶將將何日重卿卿

庭前

合歡能解恚萱草信忘憂盡向庭前種萋萋特地愁

洞房怨

玉樓朝扶鬢金梯晚下臺春殘將別淚一夜兩難栽

江行

酒旗菰葉外樓影浪花中醉帆張數幅唯待鯉魚風

巫峽

巫峽七百里巫山十二重年年自雲雨環珮竟誰逢

趧路

漸入新豐路，裊紅映小橋。渾如七年病，初得一丸鍼。

南塘曲

妾住東湖下，郎居南浦邊。閒臨烟水望，認得采菱船。

黃金二首

自古黃金貴，猶沽駿與才。近來簪珥重，無復上高臺。

又

平分送滿篋，醉擲任成堆。恰莫持千萬，明明買禍胎。

夕陽

渡口和帆落，城邊帶角收。如何茂陵客，江上倚危樓。

殘雪

桂冷緣停素峯乾不徧嵐向谿精林霧猶覆空僧卷

古意

古態日漸薄新裝心更勞城中皆一尺非妾髻鬟高

大堤

大堤春日暮縱馬解鏤韁請君留上客容妾薦雕胡

金陵道

北鴈行行直東流澹淡春當時六朝客還道帝鄉人

離騷

天問復招魂無因徹帝閽豈知千麗句不敵一讒言

對酒

後代稱徽伯前賢歸聖人且須謀日富不要道家貧

寄南岳客乞靈蕪香

聞說驪峯下靈香似反魂春來正堪采試爲屬雲根

山陽燕中郊樂録

淮上能無雨田頭總是情蒲帆渾未織爭得一歡成

偶作

雙眉初出奩兩鬢負正藏鴉自有王昌在何勞近宋家

有示

相對莫辭負逢高任塞門無情是金玉不報主人恩

秋思三首

桐露珪初落蘭風珮欲衰不知能賦客何似枉刀兒

又

誰在嫖姚幕能教霹靂車至今思禿尾無以代寒菹

又

未得同韲杵何時識藥囊莫言天帝醉秦暴不靈長

早春

雨冷唯添暑烟初不著春數枝花顆小愁殺扈芳人

懷仙三首

聞道陽都女連娟耳細長自非篤犢客不得到雲房

又

得眼鏤剛子兼吟曲素詞須知臣漢客還見布龍兒

又

神燭光華襲靈袪羽翼生色傳飧玉粒猶自買雲英

芙蓉

閒吟鮑照賦更起屧平愁莫引西風動紅衣不耐秋

春思

綵鸞新語泚雙蝶鬭飛高作箇名春恨滋生百倍勞

風人詩四首

十萬金師出邊知臣憶君一心如瑞麥長作兩岐分

破巢傷朝爨須憐是苦辛曉夫窺落宿誰識獨醒人

又

旦日思隻穫明時願早諧丹青傳四瀆難寫是秋懷

又

聞道更新幟多應發舊旗征衣無伴擣獨處自然悲

樂府雜詠六首

雙吹管

長短裁浮筠參差作飛鳳高樓微月夜吹出江南弄

東飛鳧

裁得尺錦書欲寄東飛鳧鳧脛短翅亦短雌雄戀菰蒲

花成子

春風等君意，亦解欺桃李。寫得去時真，歸來不相似。

月成弦

孤光照還沒，轉益傷離別。妾若是嫦娥，長圓不教缺。

孤獨怨

前回邊使至，聞道交河戰。坐想鼓鞞聲，寸心攢百箭。

金吾子

嫁得金吾子，常聞輕薄名。君心如不重，妾腰徒自輕。

子夜四時歌

春

山迎翠羽屏卓接烟華席望盡南飛燕佳人斷消息

夏

蘭眼撞路斜鶯膏映花老金龍傾漏盡玉井敲氷早

秋

瀼溪清沉寒蓼裏林怨風雨愁聽絡緯唱似與鸛兔語

冬

南雲走冷圭北巓歸空木年年任霜露不減管當綠

子夜歌二首

歌謠數百種子夜最可憐慷慨吐清音明轉出天然

又

絲竹發歌響假器揚清音不知歌謡妙聲勢出口心

子夜警歌二首

鏤椀傳緑酒雕鑪薰紫烟誰知苦寒調共作白雪絃

又

恃愛如欲進含羞出不前朱口發豔歌玉指弄嬌絃

子夜變歌三首

人傳歡負情我自未嘗見三更開門去始知子夜變

又

歲月如流邁春盡秋已至熒熒條上花零落何乃駛

又

歲月如流邁行已及素秋蟋蟀吟堂前惆悵使儂愁

江南曲五首

魚戲蓮葉間參差隱葉扇鵁鶄鸂鶒窺瀲灔晝因見

又

魚戲蓮葉東初霞射紅尾傍臨謝山側恰值清風起

又

魚戲蓮葉西盤盤舞波急潛依曲岸涼正對斜光入

又

魚戲蓮葉南欹危午烟疊光搖越鳥巢影亂吳娃檝

又

魚戲蓮葉北澄陽動微漣回首帶子渚稍背鄂君船

唐甫里先生文集卷之七終

唐甫里先生文集卷之八

笠澤陸龜蒙字魯望著

七言八句

二遺詩并序

二遺者何石枕材琴薦也石者何柖之所化也柖者何越之東陽也東陽多名山就中金華為最枝峯蔓壑秀氣磅礴者數百里不啻神仙登臨草木芬怪永康之地亦蟬聯其間中饒古柖往往化而為石盤根大柯文理曲折盡為好事者得而致於人間以為耳目之異太山羊振文

淂桃村趙郡李中秀得琴薦，皆茲石也，咸以遺

余。余以二遺之奇，聊賦詩以謝。

誰送毫末見參天，又到蒼蒼化石年。萬古清風吹作

籟，一條寒髓濇成穿。闘追金帶徒勞恨，靜格（音各）朱絲

更可憐。幸与野人俱散誕，不煩良匠更雕鐫。

鵁鶄并序

客有過震澤，得水鳥所謂鵁鶄者，既余，黑襟青

脛，碧爪丹噣（張救反，鳥觜也），色幾及頸，贅甚高而意畢（一本作草）

戚畏人。余極哀其野逸性，又非以餘揩累者，而

因録籠檻逼迫窓户，俛啄仰飲為活，大不快，真

天地之窮鳥也為之賦詩擬好事者和

詞賦曾誇鸐徒角切鳿士救切流果為名悞別滄洲雖蒙聲價踈籠晚不似間栖折篇秋自昔稻粱高鳥畏至今珪組野人衡防微避繳無窮事好与裁書謝白鷗

新秋月夕客有自遠相尋者作吳體二首以謝

風初寒寒月乍鴻杉篁左右借餘清因君一語故山事憶鶴互應深溪声雲門老僧定未起白閣道士遥相迎世間羽檄日夜急掉臂欲歸巖下行

又

鶯聞遠客訪良夜扶病起坐綸巾欹清談白亭思悄

惝玉繩銀漢光離離三吴烟霧且如此百越深書賫來何時林端片月落來落强慰別情言後期

閒書

病學高僧置一牀披衣纔暇即焚香閒堦雨過苔花潤小簟風來㸃葉涼南國羽書催部曲時黄巢圖廣州告急東山毛褐傲羲皇升平聞道無時節試問中林亦不妨

獨夜

新秋霽夜有清境鮮　病客無佳期坐云把經向君說而豕對月須人為獨行獨坐亦獨酌獨歌獨吟還獨悲古稱獨立与獨步君比羣居終較奇

寄吴融 字子華

一夜秋声入井桐數枝危綠怕西風霏霏晚砌烟華上淅淅踈簾雨氣通君整輪蹄名未了我依琴鶴病相攻到頭江畔從漁事織作中流萬丈篊

中秋待月

轉缺霜輪上轉遲好風偏似送佳期簾斜樹隔恨無限燭暗香殘坐不辭最愛笙調聞北里漸看星躔失南箕何人為較清涼力未似初圓欲午時

重憶白菊 蜀本作兩絕

我憐貞白重寒芳前後叢生夾小堂月朵暮開無艷

色鳳翟時動有奇香何懃謝雪清才詠不羨刻梅貴
金粧更憶綠窻凝一夢夜來村落有微霜

別墅懷歸

水國初冬和暖天南榮方好背陽眠顯詩朝憶復暮
憶見月上弦還下弦遥為晚花吟白菊近燉香稻識
紅蓮何人授豢養金百買取蘇君負郭田

寄淮南鄭賓書記

記室千年翰墨孫唯君才學似應徐五丁驅得神功
盡二酉搜來祕檢蹤煬帝帆墻留澤國淮王牋奏入
班書清詞醉草無因見但釣寒江半尺鱸

小雪後書事

時候頻過小雪天，江南寒色未曾偏。楓汀尚憶逢人別，麥壠唯憑欠雉眠。更擬結茅臨水次，偶因行到村前。隣翁意緒相安慰，多説明年是稔年。

寒夜同襲美訪寂上人

月樓風殿靜沈沈，披拂霜華訪道林。鳥在寒枝棲影動，人依古堞坐禪深。明時尚阻青雲步，半夜猶追白石吟。自是海邊鷗伴侶，不勞金偈更降心。

和江南道中懷茅山廣文南陽博士三首

一片輕帆背夕陽，望三峯拜七真堂（三茅二許一陽一郭是爲七真）。天寒夜

漱雲分淨雪壞晴梳石髮香自拂烟霞安筆格獨開
封檢試砂床莫言洞府能招隱會輾飈輪見玉皇

又

壺中行坐可携天何況林間息萬緣組綬仕垂三品
石珮環從落四公泉丹臺已運陰陽火碧簡須雕次
第仙（廣文壬季猶在場中）想得雷平春色動五芝烟甲又芊綿

又

良常應不動移文金醴從酸亦自醺（蓬萊公浴鹿休以金醴四升待主簿簿恨其味酸）桂
父舊歌飛絳雪桐孫新韻倚玄雲春卧（言以）柳谷鶯先覺
曙雕無香鶴共聞琴重度雙玉條脫盡懸三臺

寄竿君

早春雪中作吳體寄龔美

迎春避臘不肯下欺花凍草還飄然光墳馬窟盖塞外勢壓鶴巢偏殿巔山爐癭鄰萬狀火墨突乾裹狐穗烟君披鶴氅獨自去何人解道真神仙

和吳中言情見寄韻

菰烟蘆雪是懷鄉釣線隨身好坐忘徒愛右軍遺點畫閒披左氏得膏肓無因月殿聞移禄秪有風汀去採香莫問江邊漁艇子玉皇看賜羽衣裳

和楊州看李夷花韻

柳眯梅隨少春叢天遣花神別致功高處朶稀難避
日動時枝弱易為風堪將亂蕊添雲肆若得千株便
雪宮不待羣芳應有意等閒乖杏郎爭紅

和行次野梅韻

飛棹參差拂早梅强欺寒色尚低細風怜薄媚留香
与月會深情借艷開梁殿得非蕭帝瑞齊宮應是玉
兒媒不知謝客離腸醒臨水刪添萬恨來

和暇日獨處見寄

謝府殷樓少暇時又抛清宴入書帷三千餘歲上下
古八十一家文字奇（司馬遷書上下紀三千餘歲太玄有八十一家辭多奇字）吟鬚撚[illegible][illegible][illegible]

隱静憐烟島覺鴻離知君諳箇前朝事鳳誥龍奴借与窺

和龔美見訪不遇

為愁烟岸老神叢扶病呼兒斸翠苔秪道府中持簡牘不知林下訪漁樵花盤小墩晴初壓葉擁踈籬凍未燒倚彶編聆春照千一池氷段幾多消

詶龔美見寄蟹

藥盃應阻蟹螯香却乞江邊採捕郎自是揚雄知郭索太玄經云蟹之郭索且非何胤敢餦餭何胤侈於食味稍去其甚者猶有䰾腊糟蟹骨清猶似含春靄沫白還疑帶海霜强作南朝風雅客夜來偷醉

早梅傍

和開元寺客崔早景即事韻

日上罘罳疊影紅一声請梵萬緣空禪縱満地貝多

雪料峭入樓千閒風水樹初抽寒沉思竹窓猶掛夢

龕中靈香散盡禪家接誰共殷源小品同辨正論云有九流一

曰禪家者流殷浩讀小品經下二百籤疑義以問支道林

獨夜有懷因作吳體寄龔美

人吟側景抱凍竹鶴夢缺月沉枯梧清澗無泥藏藥

覓白雲有根虬有鬚雲虬澗鹿負逸調刀名錐利非

良圖不然快作燕市飲笑撫肉柎喑眠酒壚

闔閭城北有賣花翁討春之士往往造焉因招[illegible]

故城邊有賣花翁水曲山斜去盡通十畝芳菲爲舊業一家烟雨是元功閒添藥品年年別笑指生涯樹樹紅若要[illegible]處所不過携手問東風

和龔美病中海石榴花盛發見寄韻

紫府真人餉露囊倚蘭燈燭未熒煌丹華乞曙先日金焰欺寒却照霜誰与佳名從海曲秖應芳意出河陽那堪謝氏庭前見一段淸香染郡郎

龔美以春橘見惠因次韻酬謝

到春猶作九秋鮮應是親封白帝烟良玉有漿須讓

味明珠無類，点蓋圓堪居漢苑，霜梨上合在仙家。大雲前跡重更過三十子不堪，今付野人邊。右僧讃上昔為劉南一行橋二帶三十子以献一示八斋

和龔美病中書情寄崔諫議韻

或偃書齋或在公，藹然林下昔賢風。庭間有蝶爭烟蘂，簾外無人報水筒。行藥求離深幌底時患眼疾，寄青多向遠山中。西園夜燭偏堪憶，曾為題詩剩半紅

詶病中見寄

逢花逢月便相招，忽卧雲　隔野橋。春恨与誰同酩酊，去言何處問逍遥。題詩石上空迴筆，拾蕙汀邊獨倚橈。早晚却還巖下宅龔美時有眼疾，共尋芳徑結同[illegible]

和襲美病中孔雀

懶移金翠傍簷楹斜倚芳叢舊態生唯奈瘴烟籠飲啄可堪春雨滞飛鳴鴛鴦水畔迴頭羨荳蔻圖前舉眼驚爭得鷓鴣來伴着不妨還校有心情

上元日道室焚修寄襲美

三清今日聚靈官玉刺齋抽謁廣寒執蓋冒花香寂歷侍晨交珮響闌珊執蓋侍晨皆仙之貴侶矣將排鳳節分階易欲校龍書下筆難唯有世塵中小兆夜來心拜七星壇

正月十五日惜春寄襲美

六分春色一分休滿眼東坡盡是愁花匠礙寒應束

手酒龍多病尚垂頭無窮懶墮齋中散有底機謀敵
若侯見纖短篷裁小檝搴烟閒弄箇漁舟

次襲美病中見寄

日華風蕙正交光羯末相攜藉草塘羯謝玄小字末謝川小字佳酒旋
傾酃醁嫩短船閒弄木蘭香烟緣鳥拂來紫帶荇縈櫓
人收去釣簧今日好為聯句會不成剛為欠檀郎

春雨即事寄襲美

小謝輕埃日日飛小謝有雨詩有散漫似輕埃句城邊江上阻春暉雖愁
野岸花房凍還得山家藥笋肥雙屐著頻看齒折敗
裘披苦見毛稀比隣釣叟無塵事灑笠鳴蓑夜半歸

和襲美見寄韻

雖失春城驛上期下帷裁　未裁詩因吟郢岸百畝蕙欲採商崖三秀芝棲野鶴籠寬使織施山僧飯別教炊但醫沈約重瞳健不怕江花不滿枝

偶掇野蔬寄襲美

野園烟裏自幽尋嫩甲香蕤引漸深行歇每依鵶舅影挑頻時見鼠姑心凌風藹彩初攜籠帶露虛疎或貯襟欲助春盤還愛否不妨蕭灑似家林

和襲美臥疾感春見寄韻

共尋花思極飛騰病帶春寒去未能烟逕水涯多好

鳥竹牀蒲倚袒高僧須知日富為神授秖有家貧免
盗憎除郄數函圖籍外更將何事結良朋

徐方平後聞赦因寄龔美

新春豫象御輦軒海内初傳漁汗恩秦獄已收為厲
氣瘴江初返未招魂英才盡作龍蛇蟄（時傳貢爭）戰地多
成冤豹村除郄數艘復痛外不知何事及王孫

龔美以魚鮮見寄因謝

擣成霜粒細鱗鱗知作愁吟幸見分向日作鸞新鬪
色臨風時辨白蘋文（皇子曰白蘋）好將花下条金粉堪送天
邊詠碧雲見倚小窓親襞染畫函圖春色一嬌夫君

和襲美病後春思韻

氣和靈府漸氤氳，酒有賢人藥有君。七字篇章看月得，百勞言語傍花聞。閒尋古寺晴日，最憶深溪枕夜雲。早晚共摇孤艇去，紫屏風外碧波文。

襲美以公齋小宴見招

早雲纔破漏春陽，野客晨興喜又忙。自与酌量煎藥水，別教安置曬書牀。依方釀酒愁遲去，借樣裁巾怕索將。唯待數般幽事了，不妨還入少年場。

京口

江干古渡傷離情，斷山零落春潮平。東風料峭客帆

遠落葉夕陽天際明戰舸昔浮千騎去釣舟今載一翁輕可憐宋帝籌帷處蒼翠無烟草自生

潤州送人往長洲

秋來頻上向吴亭每上思歸意剩生廢苑池臺烟裏色夜村簑笠雨中声汀洲月下菱船疾楊柳風高酒旆輕君住松江多少日爲嘗鱸鱠与蓴羹

潤州江口送人謁池陽衛郎中

山翁曾約舊交懽須拂侯門側注冠月在石頭摇戍角風生江口亞帆竿閒隨野醉溪声鬧獨伴清譚曉色殘待取新秋歸更好九華蒼翠入樓寒

唐甫里先生文集卷之九

笠澤陸龜蒙字魯望著

七言八句

襲美以紗巾見惠因次韻酬謝

薄如蟬翅背斜陽不稱春前贈蜀（女臧文）郎初覺頂寒生遠吹預憂頭白透新霜堪窺水檻澄波影好拂花墻亞蘗香知有美蓉留自戴（桐柏真人戴芙蓉冠也）欲蒙烟霧訪黃房

聞襲美有親迎之期因以寄賀

梁鴻夫婦欲雙飛細雨輕寒拂雉衣初下雪窗應眷戀次乘烟幰索光輝參差扇影分華月斷續簫聲落

翠微見說春風偏有賀露花千朶照庭闈

龔美以巨魚之半見分因以詶謝

誰与春江上信魚可怜霜刃截來初鱗墮似撒驪人屋腹断鬐傷遠客書避網幾跳山影破逆風曾感浪花壷今朝最是家童喜免泥羔畦掇野蔬

和館娃宮懷古韻

鏤榻消落濯春雨蒼翠無言空断崖草碧未能忘帝女燕輕猶自識宮鈫江山秖有愁容在夠佩應和愧色埋賴有伍員騷思少吳王纔免似荆懷

同龔美遊北禪院 院即故司勳郎中舊宅

連延花蔓映風廊岸幘披襟到竹房居士祇令開梵
夾先生曾是草玄堂清樽林下看香印遶岫窗中掛
鉢囊今日有情消未得欲將名　問思光

龔美以紫石硯見贈以詩迎之

霞骨堅來玉自愁琢成飛燕古釵頭澄沙脆弱聞應
伏青鐵沈埋見亦羞最稱風亭批碧簡好將雲竇漬
寒流君能把贈閒吟客徧寫江南物象酬

和孫發百篇將遊天台請詩贈行

直應天授与詩情百詠唯消一日成去把彩毫揮下
國歸參黄綬別春卿閒窺碧落懷煙霧暫向金庭隱

姓名琢重興公徒有賦石梁深處是君行

和開元寺筍園寄章上人

春龍爭地養檀欒忍是霜林雨後看迸出似毫當楹
壞旅生如恨倚欄干凌雲勢欲齊金刹折贈先宜照
玉盤更待錦苞零落後粉環高下揭烱寒

薔薇

倚墻當戶自橫陳致得貧家似不貧外布芳菲雖笑
日中含芒刺欲傷人清香往往生遥吹任是看看及
四隣遇有客來堪歎處一端晴綺照烟新

和詠開元寺佛塔

壘丕初受遲禪功，四鉢須臾現一重（至今鉢緣有四重也）。持以想添香積飯，霞時應帶步羅鍾。光寒好照金毛麈，響淨堪降白耳龍。從此齎鉢香裏見，不煩西去詣靈峯。

訓龔美夏首病愈見招韻

雨手青含是垣衣，一幅蠻牋藏歎雜蕙帶。又聞寬沈約，茅齋猶自憶王徽。方靈祇狂君臣正，篆古須抛點畫肥。除却伴談秋水外，野鷗何要更忘機。

新夏東郊閒泛有懷龔美

遲於春日好於秋，野客相攜乃上舲舟。經畧仍時冠暫亞，楓笭箸後帶蘋撈。魚鼓鷺起波搖笠，村落疊眠樹

挂鈎料得紙君能愛此不爭烟水似封侯

四月十五日道室書事寄龍衣吴

烏飯新炊龍腦香道家齋日以爲常閒同菖杯舉禱三洞雲篆遙聞叩九章一掬陽泉堪作雨數株松石欲成霜可中值着雷平信爲覓閒眠君竹床

看壓新醅寄懷龍衣吴

曉壓糟床漸有声旋如荒澗野泉清身前古戀潼應出世上愁痕漏今平飲啄斷年同鶴御風波終日看人爭樽中若使常能緑兩綏通徒搃强名

和登初陽樓寄懷北平郎中

遠窓浮檻亦成年幾伴楊公白晝筵日暖烟花曾撲地氣和星象却疑天開將水石侵單壁引笙歌上釣船無限恩波猶在目東風吹起細漪漣

和夏初襲美見訪題小齋韻

四隣多是老農家百樹維桑半頃麻盡埜晴明移網架每和烟雨掉繰車啼鸎偶坐身藏葉餉婦疑来髻帶花不是對君吟復醉更將何事送年華

和襲美所居首夏適然有作韻

柿陰成列藥花空却憶桐江下釣筒亦以魚鰕供熟鷺近緣櫻笋識隣翁閒分酒劑多還少自記書籤白

鬧紅更愛夜來風月好轉思玄度對支公

和題達工人藥圃二首

藥味多從遠客賫旋添花圃漸成畦三椏舊種根應異九節初移葉尚低山菜便和谿澗石水芝須帶本池泥從今直到清秋日又有香苗幾番齊

又

淨名無語是清羸藥草搜來喻更微一雨十風皆遂性花開花落盡忘機教蛛兔縷金絲亂兔絲別名自擁龍芻紫永肥莫恠獨親幽圃坐病容銷盡欲依歸

和懷華陽潤卿博士三首

幾降眞官授隱書洛公曾到夢中無眉間入静三辰影附後通靈五嶽圖北洞樹形如曲蓋東山色似熏爐金壚福地能容否願作兩前蔣負芻

又

火景應難到洞宫蕭閒堂冷任天風談玄麈尾抛雲底脈散龍胎在酒中有路還將赤城接無泉不共紫洞通奇編早晚教傳授免以神仙問葛洪

又到

終日焚香禮洞雲更思琪樹轉勞神曾尋下泊宫名帶經月不　中峯又累春仙道最高黃玉篆錄署天徧稱

白綸巾清齋居見茅司命乞取朱兒十二斤

以竹夾膝寄贈龍襲美

裁得篔簹冷似龍翠光橫在暑天中堪臨蕤簟閒憑月好向柗窗卧跂風持贈敢齊青玉案醉吟偏稱碧荷筒添君野具教多著為著西齋譜一通

和夏景無事因懷章來二上人韻

簷外青陽有二梅折來堪下凍醪盃離騷注云盛夏以酎酒置冰上高杉自欲生龍腦小弁誰能寄鹿胎麗事肯教饒沈謝談微何必減宗雷還聞擬結東林社爭奈淵明醉不來

又

忽憶高僧坐夏　厭泉声閙笑雲忙山重海濶懷中
即月冷風微宿上方病後書求嵩少藥定迴衣染貝
多香何時更問逍遥篆（道林有逍遥遊別篆）五粒松陰半石牀

桐江得一釣車以襲美樂烟波之思因出以
爲玩俄辱三篇復抒詶荅

旋屈金鈎劈翠筠手中盤作釣魚輪忘情不效孤醒
客有意閑窺百丈鱗雨似輕埃時一起雲如高蓋强
相親任他華轂低頭笑此地終無覆敗人
曾招漁侶下清潯獨繭初隨一錘深細輾烟華無轍
跡静含風力有車音相呼野飯依芳草迭和山歌逗

遠林得失任渠但平取樂不曾生箇是非心
病來懸著脆縉絲獨喜高情為象持數輻尚疑烟雨
谿〻三篇能賦蕙蘭詞雲深石靜閒眠穩月上江平放
滔遲第一莫教諳此境倚天功業待君為

和吳中書事寄漢南裴尚書

風清地古帶前朝遺事紛〻未寐寥三泖涼波漁艇
動（逺祖士衡對晉武帝以三泖冬溫夏涼）五茸春草雉媒嬌（五茸吳王獵所茸各有名）雲藏野寺分
金刹月在江樓倚玉簫不用懷歸忘此景吳王看即
奉寄招

和夏景中諸偶作二首韻

蟬雀參差垤扇紗竹襟輕利簟冠斜壚中有酒安圍
會琴上無絃靖節家芝晚峒霞全覆穗橘州風浪半
浮花開恩雨地恩名着不信人間髮鮮華
秖於池曲象山幽便是瀟湘浸君樓斜拂芰盤輕鷺
下細穿菱線小鯢遊閒閑茗焙嘗須編醉掇書帰臥
始休莫道仙家無好爵方諸還拜下君琳侯

和送李明府之任南海

春盡之官直到秋嶺雲深霧繞瀧樓居人愛近沈珠
浦候吏多來拾翠洲貨稅盡應輸紫貝蛮童多學旐
金鉤知君不戀南枝久抛却經冬白貂裘

和寄題羅浮軒轅先生所居

昇成仙馭入崆峒，百世猶傳至道風。暫應青詞為究鳳，卻思丹徼伴冥鴻。金公的的坐爐際，瓊丹時時到夢中。預想浮山疑有日，載將雲室入洲東。

和寄瓊州楊舍人

明時非罪謫何偏，鵩鳥巢南更數千。酒渴椰壺消毒霧，風隨蕉扇下瀧船。人多樂戶行狂蠱，吏有珠官出俸錢。祇以直誠天自信，不勞詩句詠貪泉。

和宿報恩寺水閣

峯抱池光曲岸平，月臨虛檻夜何清。僧[illegible][illegible][illegible]縱分

影龜擲高荷漸有声因憶故山吟易苦各樵秋鬢夢
難成周顒不用裁書勸自得凉天證道情

和醉中偶作見寄韻

海鶴飄飖莫儕在公猶与俗情乖初呈酒務求尋對
合禱山祠請自差永夜譚玄侵罔象一生交態忌
形骸怜君聲墨風流甚幾度題詩小謝齋

和寄滑州李副使員外

洛生閒詠正抽毫忽傍旌旗着戰袍檄下連營皆破
膽匈雛狐匣歎吹毛清愁月色臨軍壘半夜淮声入
賊壕除却征南為上將平徐功業更誰高

和吳中言懷寄南海二同年

曾見淩風上赤霄　畫將華藻赴嘉招　城連兕嶺山圖麗　路入龍編海舶遙　江客漁歌衝白荇　野鴿人語映紅蕉　庭中必有君遷樹　莫向空臺望漢朝交州記云有君遷樹有朝臺尉佗望漢所築

和傷史拙山人

曾說山西歟去尋　豈知霜骨甚寒林　常依徑浮獅冥目　兼事客成學業心史文字浮屠畫善算術　適客預齋還梵唱　老蔡窺祭点悲吟　唯君獨在江雲外　誰詠孤負置硯琴

白鷗并序

樂安任君嘗為廷尉居吳城中地絕數畝而不

佩俗物有池池中有島嶼池之南西北邊合三亭脩篁嘉木掩隱猥奥處其一不見其二也君好奇樂異喜文學明理之士所得皆清散凝瑩襲美知而偕詣既坐有白鷗翩𦐀馴於砌下目請浮而觀之主人曰池中之族老矣每以豪從據有鷗之始浮輒逐而害之今畏不敢入昔羽人之心蓄機爭獨或舞而不下况害之哉且羽族覊於水者多矣獨鷗為閒暇甚致不高耶一旦水有鯨鯢之患陸有狐狸之憂儔侶不得命啼塵埃不得滌刷雖豢人之流賞亦天地之窮

鳥也感而為詩邀襲美同作

慣向溪頭漾淺沙薄烟微雨是生涯時時失伴沈山影往往爭飛雜浪花晚樹清涼還鸂鶒舊巢零落寄蒹葭池塘信美應難戀針在魚脣劍在鰕

懷楊台文楊鼎文二秀才

秋早相逢待得春崇蘭清露小山雲（崇蘭小山郡中二堂）寒花獨自愁中見曙角多同醒後聞釣具每隨輕舸去詩題閒上小樓分重思醉墨縱橫甚書破羊欣白練裙

和襲美謝友人惠人參

五葉初成椵樹陰紫團峯外即雞林名參鬼蓋須難

見材似人形不可尋品第已聞升碧簡攜持應合重畫金懸懃鬬取相如肺封禪書成動帝心

嚴子重以詩遊於名勝間不幸且復襲美作詩序而吊之余和

每值江南日落春十年詩酒愛逢君美蓉湖上吟船倚翡翠巖前醉馬分秪有汀洲連舊業豈無章號動遺文猶憐未卜佳城處更斷要離冢畔雲

箕山

水繞蒼山固護來當時盤踞實雄才周郎計策清宵定曹氏樓船白晝灰五十八年爭虎視三千餘騎騁

龍媒何如今日家天下閶闔門闢萬國開

寄茅山何威儀二首

大小三峯次九華靈蹤今盡屬何家漢時仙上雲巖鶴蜀地春開洞底花閒傍積嵐尋瀑眼便淩殘雪摭芝茅年來已奉黃庭教夕鍊醒覘曉吸霞

曾向人間拜節旄作疑因夢到仙書身輕戌羽霞襟狹壁嵂嶸烟靡憒高山睽不華峯上跡水寒仍落洞中桃從聞此日搜奇詰轉覺覘飛夜夜勞

□先生文集卷之九終

唐甫里先生文集卷之十

笠澤陸龜蒙字魯望著

七言八句

早秋吳體寄襲美

荒庭古樹只獨倚敗蟬殘蛩苦相仍雖然詩膽大如斗爭奈愁腸牽似繩短燭初添蕙幌影微風漸折蕉衣稜安得彎弓似明月快箭拂下西飛鵬

病中秋懷寄襲美

病容愁思苦相兼清鏡無形未我嫌貪廣異蔬行徑窄故求　藥出錢添同人散後休賒酒雙燕辭來始

下簾更有是非齋未得重憑詹尹拂龜占

秋賦有期因寄龔美時将主試貢士

雲似無心水似閒忽思名在貢書間烟霞鹿弁聊懸著隣里漁舟暫解還文草病来猶满篋藥苗衰後即鋤山廚寒宫樹枝多少風送高低便可攀

和新秋即事三首韻

心似孤雲任所之世塵中更有誰知愁尋吟落鷺鷥隄鬢病得清涼減四支懷舊藥溪終獨往宿枯杉寺已頻期兼須爲月求高霧即是霜輪絞湍時

帆織衣裳盡釣徒往来蹤跡遍三吴閒中展卷與三

小齋後題詩興畫鹿麻松島伴譚多道氣竹窓孫夢豈
良圖還須待致昇平了即往扁舟放五湖
聲利從來解破除秋灘唯憶下桐廬鷗鷺陣合殘陽
少蜻蛚吟高冷雨蝀辨伏南華論指指才非玄晏借
書書當時任使莫堪笑波上三年學炙魚

和南陽澗卿將趨雷平

朝市山林隱一般却趨那獄卧雲懽墮階紅葉誰收
得半益清醪客酹乾玉笈詩成吟處曉金沙泉落夢
中寒真仙名降如相問曾步星罡遶醮壇

顧道士已第子奉束帛乞銘於襲美曰戲贈

童初貟府邑爲郎君与抽毫刻便房亦謂神仙同許鄴不妨才力似班揚比於黃絹詞尤妙酬以霜縑價未當唯家有文無賣處筆鋒銷盡墨池荒

和訪寧上人不遇

芭蕉霜後石欄荒林下無人閉竹房經抄未成抛素几錫鐶應撼過寒塘蒲團爲拂浮埃散茶器空懷碧篆香早晚却還宗柄社夜深風雪對禪床

秋夕文宴

筆陣初臨夜正清擊銅遥認小金鉦飛觥壯客遊燕市覓句難於下趙城隔嶺故人因會憶傍簷棲鳥帶

吟驚梁王座上多詞客五韻甘心第七成梁昭明嘗文宴賦詩各五韻劉孝威第七方成

代廣文訓襲美見贈韻

不知天隱在何鄉且欲烟霞蹤暫度鶴廟未能齊月馭麻門聊擬並雲隱蘚銜荒磴移桑葰苑浸春醪把石缸莫惜槎頭容釣伴也應東郎有餘江

和寄毗陵魏處士朴

經苑初成墨沼開何人林下背尋來若非宗測圖山後即是韓康賣藥迴溪籟自吟朱鷺曲沙雲還作白鷗媒唯應地主公田熟時送君家麴蘖材

和初冬偶作寄南陽潤卿韻

遂日生涯敢計冬可嗟寒事蕭然空憫憐返照緣書
小庭喜新霜為橘紅衰柳尚餘和月動敗蘭猶擬倩
烟籠不知海上今清淺試与飛書問洛公

和冬瘦章上人院

山寒偏是饒來多吟禪窓雪氣和病客功夫經未
演故人書信納　磨閒隙靜案脩茶品獨傍深溪記
藥科從此逍遙知有地更乘清月伴君過

和題周尊師所居

見說身輕鶴不如石房無侶共雲居清晨自劚靈香
梯獨夜空吟響落書十洞飛精應徧吸一簪秋髮未

曾梳知君便入懸珠會早晚東騎白鯉魚

寒夜文宴得驚字

各將寒調觸詩情旋見微澌入硯生霜月滿庭之暫起汀洲半夜雁初驚三清每為仙題想一日多因累向傾千里建康衰草外含毫誰是憶昭明

送潤卿還華陽

何事輕舟逆臘回茅家兄弟欲歸來茅司命以三月十八日十二月二日會于華陽天封題玉洞靈無奏點檢霜壇流瀣杯雲肆先生今氣調出圖公子愛詞才餘勤為向東卿薦灑掃含真雪後臺全

和新羅弘惠上人請龔美爲靈鷲山周禪師碑將還以詩送之

一鉢迢遞過東瀛，紙爲先生覓乞銘。已得雄詞封靜檢，却懷孤影往禪庭。春過異國人應寫，夜讀滄洲怪亦聽。遥想勒成新塔下，盡空望碧禮文星。

和寒日書齋即事三首每篇各用一韻

不必探幽上欝岡，公齋吟嘯亦何妨。唯求薏苡淡對僧食，別著氍毹待客牀。春近帶烟分短蕙，曉來衝雪撼疎篁。餘杭山酒猶封在，遠囑高人未肯嘗。

已上星津八月槎，文通猶自學丹砂（江文通有丹砂可學賦）。仙經寫滘空三洞隱士朝來別九華靜對真圖呼綠齒偶開丹室問蕃牙方諸更是憐才子錫賚於君合稱差名價皆酬百萬餘尚憐方丈講玄壺西都震問曾識賦東海人求近著書（襲美作吊江都賦又新羅曾請為大師碑銘）茅洞烟霞侵露寂壇溪風月挂樵漁清朝還要廷臣在兩地寧容使結廬

和臘後送內大德從勗遊天台

應緣南國盡南宗欲訪靈溪路暗通（溪在天台山下）還思不離隻闕下去程猶在四明東銅缾淨貯桃花雨金策閒搖麥穗風（上人栖期國清過夏）若憑吾君先拜疏為論台嶽未封公

和寄題玉霄峯葉涵象尊師所居

天台一萬八千丈師在浮雲端掩扉永夜秖知星斗大深秋猶見海山微風前幾降青毛節雪後應披白羽衣南望烟霞空再拜欲將飛魄問靈威

南陽廣文博士還雷平後寄

微微春色染林塘親撥烟霞坐洞房陰洞雪膠知未入獨醪風破的偷嘗芝臺曉用金鑪煮星度閒將玉鈴量幾遍待晨官欲降曙壇先起獨焚香

和題支山南峯僧韻

眉毫霜細欲垂肩自說初棲海嶽年萬壑烟霞秋後

到一林風雨夜深禪時翻貝葉添新歲閒揷松枝護
小泉好是清冬無外事匡牀齋罷向陽眠

送董少卿遊茅山

威輦高懸度世名至今仙裔作公卿將隨羽節朝珠
闕曾佩魚符管赤城（董嘗判台州）雲凍尚含瓴石色雪乾猶
墮古松聲應知四扇靈方在待取歸時綠鬢生

和寄懷南陽潤卿

高抱相逢各絕塵水經山疏不離身才情未擬湯從
事玄解猶嫌竺道人霞染洞泉渾變紫雪披江樹半
和春誰憐故國無生計唯種高塘二畝芹

龔美將以綠蜀為贈因成四韻

三邊風霜利苦刀襜褕吹斷冒蓬蒿病中秪自悲龍具世上何人識羽袍狐貉近懷珠履貴薜蘿遙羨白巾高陳王輕暖如相遺免教裘葛敵廣騷

和過張祜處士丹陽故居　并序

張祜字承吉元和中作宫體小詩辭曲豔發當時輕薄之流能其才合譟得譽及老大稍窺建安風格誦樂府錄知作者本意鍊章大篇往往間出諫諷怨　時与六義相左右善顯目佳境言不可刊置別處此為才子之最也由是賢俊之士及高位

重名者多与之游謂有鵠鷺之野[illegible]之鮮竹柏之貞琴磬之韻或薦之於天子書奏不下亦受辟諸侯府性狷介不容物輒自劾去以曲阿地古澹有南朝之遺風遂築室種樹而家焉性嗜水石常悉力置之從知南海間羅取載羅浮石笱還不蓄善田利產為身後計死未三十年而故姬遺孕凍餒不暇前所謂鵠鷺孔翠竹柏琴磬之家雖未輪尚乘遺編尚吟未嘗一日其孤而恤其窮也噫人假之為玩好不根於道義耶懼其惑剝於神明耶天果不愛才沒而猶譴耶吾一不知之友人顧弘

至江南道中訪其廬作詩弔而序之屬余應和余
汨沒者不足哀季吉之道邈龔美同作庶乎季吉
之孤倚其傳而有憐者

勝華通子共悲辛荒逕今爲舊宅鄰一代交游非不
貴五湖風月合教貧覞應絕地爲才兒名与遺編在
史臣閒道平生徧愛名至今猶泣洞庭人

和龔美寄廬文

忽辞明主事真君直取姜巴路入雲龍篆拜時輕誥
命覺襟披後小玄壇峯前北帝三元會石上東鄉九
錫文應笑世間名利火等閒靈府剩光焚

和襲美先輩悼鶴

一夜圓吭絶不鳴八公虛道得千齡方添上客雲眠思忽伴中仙劍解形但掩叢毛穿古堞永留寒影在空屏君才幸自清如水更向芝田爲刻銘

幽居有白菊一叢因而成詠呈知己

還是延年一種材（菊之別名）即將瑤朵冒霜開不如紅艷臨歌扇欲伴黄英入酒盃陶令接籬堪岸着梁王高屋好欹來（梁朝有白紗高屋帽）月中若有閒田地爲勸嫦娥作意栽

和傷開元觀顧道士

何事神超入杳冥不騎孤鶴上三清多應白簡迎將

去郎是宋陵鍊吏生樂莫肯同耕酹味雲謠空替莚
歌声武皇徒有飄飄思誰問山中宰相名

和醉中郎席贈潤卿博士韻

昔是靈皇簡上仙清詞如羽欲飄然登山凡著幾緉
屐破浪欲乘千里船遠夢只留丹井畔閒吟多在酒
旗前誰知海上無名者只記漁歌不記年

送淅東德師侍御罷府西歸

王謝遺蹤玉籍仙三年閒上鄂君船詩懷白閣僧吟
苦俸買青田鶴價偏行次野楓[illegible][illegible]水醉中衰翁卧
濛烟芙蓉撒盡西歸去唯有山陰九萬牋

送羊振文先輩往桂陽謁覲

風雅先生去一麾過庭才子趨蹤期時使君丈人自毛詩傳上出牧讓王門外開帆葉義帝城中望戟支郢路衡寒飄雪遠湘波初暖漲雲遲靈均精魄如能問又得千年賈傳詞

襲美留振文宴龜蒙不赴次韻詶謝

綺席風開照露晴秪將茶荈代雲觥繁絃似玉紛紛碎佳妓如鴻一一驚毫健幾多飛藻客羽寒寧盡絡映花鸎幽人獨自西窻晚閒憑香檉反照明

和重送圓載上人歸日本國

老思東極舊巖扉却待秋風泛船歸曉梵陽烏當石

鬖疲禪除火照田衣見翻經論多盈篋親植杉松大
幾圍遙想到時恩魏闕只應遥拜望斜暉

和褚家林亭

一陣西風起浪花遶欄干下散瑶華高窻曲檻仙儔
府卧蕭蕭芹白鳥家孫島待寒凝片月遠山終日送
餘霞君知方外還如此不要乘秋上海槎

聞鴈

北去南征象豕曹天涯追遞翼應勞似悲邊雪音猶
苦初指岳雲行未高月島聚栖防暗繳風灘斜起避
驚濤時人不問隨陽意空拾欄邊翡翠毛

王先輩草堂

稆往隈雲到靜堂，杏花臨澗水流香。身從亂後全家隱，日校人間一信長。金綠（疑作籙）漸加新品秩，玉皇偏賜羽衣裳。何如聖代彈冠出，方朔曾為漢侍郎。

句曲山朝真詞二首 并序

歲三月十八日，句曲山道士朝真于大茅峯上，學神仙有至自千萬里者。余距華陽天程止信宿，塵約不能遂去，馳神旦旦，忽若戴冕矣。因作朝真詞迎送各二解，以自寓意。

九華磬答寒泉急，十絶幡搖翠微溼。司命旄旌未下

來焚香抱簡擬神立殘星下照霓襟冷缺月纔分鶴輪影空洞虛章發一声春來萬壑烟花醒　右迎真

縈雲鳳髻飄然解玉鉞玄千儀先邁朝真弟子悄無言再拜碧杯添流瀣火鈴跳躍龍毛盖腦髮青青赮綷綷萬象銷沉一瞬間空餘月外聞璬瑯　右送真

傷越

越溪自古好風烟盜東兵纏已半年訪戴客愁隨水遠浣紗人泣共埃捐歸焦頓灑王師雨欲墮重登一剗史天早晚山川盡如故清吟閒工辦嘉船

唐甫里先生文集卷之十終

唐甫里先生集

下

唐甫里先生文集卷之十一

笠澤陸龜蒙字魯望著

七言絶句

自遣詩三十首并序

自遣詩者震澤別業之所作也故疾未平厭厭卧田舍中農夫日以耒耜事相聒每至夜分不瞑則百端興懷攪人思葢紛亂無緒且詩者持也謂持其情性使不暴去因作四句詩累至三十絶各有意既曰自遣亦何必顯為

五年重別舊山村樹有交柯犢有孫更感卞峯顏色

好曉雲纔散便當門

雪下孤村淅淅鳴病頭無睡酒来清已擬緘待東窗

曉長婗寒雞第一聲

多情多感自難忘祇有風流共古長座上不遺金帶

枕陳王詞賦為誰傳

甫里先生未白頭酒旗猶可戰高樓長鯨好鱠無因

得乞取艅艎作釣舟

花瀨濛濛紫氣昏紫花瀨在顧渚步水邊山曲更深村終須揀

取幽棲處老檜成雙便作門

陰洞曾為採藥行今雲蹤絕獨徽明玉芝敲折璋送

隨舍有真人上姓名

長嘆人間髮易華曉将心事許烟霞病來前約今明

在藥鼎書囊便是家

醞得秋泉似玉容比於雲液ゝ應濃思量北海徐劉

輩枉向人間號酒龍

筆（詒平切）加多應自古豪家解盤盂銷置纖腰繼使ゝ此事

穀渡得不博溪田二頃苗

偶然携稚看徽波臨水春寒一倍多便使筆精如逸

少懶能書字換羣鵝

昔聞莊叟迢迢夢又道韓生蒻蒻飛知有姓名聊寄

問更無言語抱斜暉

雪侵春事太無端舞急微還近臘寒應是也疑真宰恠來時猶未徧林巒

數尺遊絲墮碧空年年長是惹春風爭知天上無人住亦有春愁鶴髮翁

誰使寒鴉意緒嬌雲晴山晚動情憀亂和殘照紛紛舞應索陽烏次第饒

古往天高事渺茫爭知靈媛不凄涼月嫁如有相思淚秪待方諸寄兩行

本來雲外寄閒身遂與溪雲作主人一夜逆風愁四

散曉來零落傍衣巾

淵明不待公田熟，乘興先秋解印歸。家為餘糧春未去，到頭誰是復誰非。

雲擁根株抱石危，斷來文似瘦蛟螭。坐人帶病慵翻起，秖向春山盡日欹。

月澹花閑夜已深，宋家微詠若遺音。思量古意人賞，露清香獨滿襟。宋玉有微詠賦

南岸春田手自農，往來橫絕半江風。有時不耐輕橈興，暫欲蓬山訪洛公。

買遂垂竿小隱中，家來真作捕魚翁。前溪一夜春流

急已學嚴灘下釣筒

水國君王又姓蕭風情由是冠南朝靈和殿下巴江
柳十二絛前舞翠條

强梳逢鬢鬆斜冠斥燭光微瘦思闌天意最饒惆悵
事單栖分付与春寒

無多藥圃近南榮合有新苗次第生雜子不知名品
上巳隨春草鬭輸贏

一派溪隨著下流春來無處不汀洲漪蘭未碧蒲猶
短不見鴛鴦正自由

山下花明水上醺一棧青篛[illegible]人但愛風[illegible]

客繡被何須屬鄂君

妍華須是占時生準擬羞肩不近情佳麗幾時腰不細荊王辛苦致宮名

姹女精神似月孤敢將容易入供爐人間縱道鉛華少蝶翅新篁未肯無

貞白求丹變姓名至恩潛動亦無成侯家竟換鑿天子王整從勞作外兵

春雨能膏草木肥獻中林野碧含滋唯餘病客相逢背一夜寒聲減四肢

別墅懷歸

東去滄溟百里餘泓江潮信到巴廬就中家在遂山
下一日堪憑雨寄書

野井

朱閣前頭露井多碧梧桐一本作花下美人過寒泉未必
能如此奈有銀瓶素綆何

南征

丞相南征空有無幕中誰是聘良圖遥知賊膽縱横
破繞帳生犀一萬株

北游

江客柴門枕浪花鳴機寒觸任謳鴉輕舟過去真堪

盡鷺起鸕鶿一陣斜

夜泊詠棲鴻

可憐霜月暗相催莫向衡陽趁逐飛同是江南寒夜
客羽毛單薄稻梁微

早行

氷寒孤棹觸天文直似乘槎去問津縱使碧霄無限
好客星名字也愁人

木蘭堂

洞庭波浪渺無津日日征帆送遠人幾度木蘭舟上
望不知元是此花身

和龔美春夕陪崔諫議櫻桃園宴

佳人芳樹雜春蹊花外烟濛月漸低幾度艷歌清欲轉流鶯驚起不成棲

和招紅早春

梆下江飡待好風暫時還得狎漁翁一生無事烟波足唯有沙邊水勃公

和女墳湖（即吴王葬女之所）

水平波淡遶迴塘鶴殉人沈萬古傷應是離魂雙不得至今沙上少鴛鴦

和泰伯廟

故國城荒得未荒年年檝葉濕山堂還來文字爭天

下不信人間有讓王

和宿木蘭院

苦吟清漏迢迢極月過花西尚未眠猶憶故山欹警

枕夜來嗚咽似流泉

和重題薔薇

穠華自古不得久況是倚春春已空更被夜來風雨

惡滿階狼藉沒多紅

和春夕酒醒

幾年無事傍江湖醉倒黃公舊酒壚覺後不知明月

上滿身花影倩人扶

和木蘭後池三詠

重臺蓮花

水國烟鄉足芰荷就中芳瑞比難過風情為与吳王
近紅蕖常教一倍多

浮萍

晚來風約半池明重疊侵沙綠罽成不用臨池更相
笑最無根蔕是浮名

白蓮

素蘤多蒙別艷欺此花真合在瑤池還應有恨無人

覺月曉風清欲墮時

和壺題後池

曉烟清露暗相和洛鴈浮鷗意緒多却是陳王詞賦錯枉將心事托微波

和晉門閒泛

細槳輕撑下白蘋故城花謝綠陰新當年今日逃名士試問南塘着屐人

襲美初植松檜偶題

軒陰冉冉移斜日寒韻泠泠入晚風烟格月姿曾不改至今猶似在山中

和館娃宫懷古五絶

三千雖衣水犀珠半夜夫差國暗屠猶有八人皆二
八獨教西子占亡吴

一宫花渚漾漣漪倭墮鴉鬟出繭眉可料座中歌舞
袖便將殘節拂降旗

幾多雲榭倚青冥越焰燒來一片平此地最應沾恨
血至今春草不勻生

江色分明練遶臺戰帆遥隔綺疏開波神自厭荒淫
主句取樓船穩帖來

寶袜香綦碎曉塵亂兵誰惜似花人伯勞應是精靈

使猶向殘陽泣暮春

和虎丘寺西小溪閑泛三絶

樹號相思枝拂地鳥語提壺声滿溪雲徑一里千萬曲直是漁翁行也迷

荒桺卧波渾似困宿雲遮塢未全癡雲情柳意蕭蕭會若問諸餘揔不知

遥逢孤嶼一倚欄便欲狂歌同採蘞任是綺羅中待月不妨欹枕扣舷歸

和天竺寺八月十五夜桂子

霜實常聞秋半夜天台天竺墮雲岑垂拱中天台桂子落一十餘日方止

如何兩地無人種却是湘灕是桂林

戲題龔美書印囊

鵲銜龜顧妙無餘不愛封侯愛石琚應笑林文過萬卷至今誰道沈家書

和釣侶二章

一艇輕橈看曉濤接䍦拋下漉春醪相逢便倚蒹葭泊更唱菱歌擘蟹螯

雨後沙虛古岸崩魚梁移入亂雲層歸時月墮汀洲暗認得妻兒結網燈

和寄同年韋校書

壽古感烟滿故鄕詩才幾諸妙無餘何時寄與莫衣
客夜是江南地里書

和初冬偶作

桐下空堦疊綠錢貂裘初綻擁高眠小爐低幌還遮
擁酒滴灰香似去年

和醉中寄一壺幷一絶

酒痕衣上雜莓苔猶憶紅螺一兩盃正被遶籬叢菊
笑日斜還有白衣來

和再韻

堦下饑翁啄嫩苔野人方倒病中盃寒蔬賣却還沽

吃可有金貂換得來

和重玄寺雙矮檜

可憐烟刺是青螺如到雙林誤禮多更憶早秋登北固海門蒼翠出晴波

醉中戲贈襲美

南北風流舊不同傖吳今日忽相通病來猶伴金盃滿欲得人呼小褚公

潤卿遺青飿飯

舊聞香積金仙食今見青精玉斧餐自笑鏡中無骨錄可能飛上紫雲端

文讌招潤卿博士辭以道侶將至一絕寄之

隱客何時下鶴翎方瞳如水腦華清不過傳達楊君夢從許人間小兆聽

再招

遥知道侶談玄次又是文交麗事時雖是寒輕雲重日也留花簟待徐摛

齊梁怨別

寥寥缺月看將落簷外霜華染羅幕不知蘭棹到何山應倚相思樹邊泊

詠金雞鸂鶒戲贈龔美

曾向溪邊泊暮雲至今猶憶浪花羣不知鏤羽凝香
霧堪与鴛鴦覺後聞

閒居雜題五首 以題十五字離合

鳴蜩早

閒來倚杖柴門口鳥下深枝啄晚虫周步一池銷半
日十年聽此鬢如蓬

野態真

君如有意耽田里予亦無機向藝能心跡所便唯是
直人間聞道最先憎

昭問斛

箏山園靜憐幽木公幹詞清詠華門月上風微蕭灑
甚斗醪何惜置盈樽

飲巖泉

已甘茅洞三君食久買桐江一朶山嚴子瀨高秋浪
白水禽飛蘸釣舟還

當軒鶴

自笑與人乖好尚田家山客共柴車千時未似棲廬
雀鳥道閒攜相爾書

藥名離合夏日即事三首

乘屐著來幽砌滑石甖煎得遠泉甘草堂祗待新秋

景天色微涼酒半酣

避暑家須從朴野葛巾蒻席更相當歸來又好乘涼
釣艖蔓陰陰着雨香

窗外曉簾還自卷柏烟蘭露思晴空青箱有意終須
續斷簡遺編一半通

和懷錫山藥名離合二首

鶴伴前溪栽白芷人來陰洞寫枯松蘿深境靜日欲
落石亡來眠聞遠鐘

佳句成來誰不伏神丹偷去亦須防風前莫怪攜詩
莖景本是吳吟蕩槳郎

和懷鹿門縣名離合二首

雲容覆枕無非白水色侵磯直是藍田種紫芝飡可壽春來何事戀江南

竹溪深處猿同宿松閣秋來客共登封徑古苔侵石鹿城中誰解訪山僧

寄題天台國淸寺齊梁體

峯帶樓臺天外立明河色近罘罳松間石上定僧寒半夜溪水聲急

和諫議訓先輩霜菊

紫莖芳艷照西風秖怕霜華　叢爭柰病夫難彊

飲應須遠自名車公

寒食古人名

初寒朗詠徘細立欲謝玄關早晩開昨日登樓望江色奥梁鴻鴈幾多來

和皐橋

横絶春流架斷虹凭欄猶思五噫風今來未必非梁孟郎是無人繼伯通

和龔羡悼鶴

鄭都香稻穼重思遥想飛魂去未飢争奈野鴉無數健黄昏來占舊樓枝

和醉中襲美先起

莫唱艷歌凝翠黛已通仙籍在金閨他時若寄相思
淚紅粉痕應伴紫泥

和酒病偶作

柳疎桐下曉窗明秖有微風為折醒唯欠白綸籠解
散（解散王儉髻名時人皆慕之也）洛生閒詠兩三声

憶白菊

稚子書傳白菊開西成相滞未容迴月明階下窓紗
薄多少清香透入來

和同潤卿寒夜訪襲美各惜其志韻

醉韻飄飄不可親，掉頭吟側華陽巾。如能跋脚南窗
下，便是羲皇世上人。

和寒夜文讌潤卿有期不至

細雨輕颺玉漏終，上清詞句落吟中。招齋一夜懷
白霜外，空聞五粒風。

移石盆

移得龍泓瀲灧寒，月輪初下白雲端。無人盡日澄心
坐，倒影新篁一兩竿。

石竹花詠

曾看南朝畫國娃，古羅衣上碎明霞。而今莫共金錢
鬪，買却春風是此花。

唐甫里先生文集卷之十二

笠澤陸龜蒙字魯望著

七言絶句

和友人許惠酒以詩徵之

凍醪初漉嫩如春輕蟻漂漂雜蘗塵得伴方平同一醉明朝應作蔡經身

圓載上人挾儒書歸日本國

九流三藏一時傾萬軸光凌渤澥聲從此遺編東去後却應荒外有諸生

閒吟

閒吟料得三更盡，始把孤燈背竹窗。一夜西風高浪起，不教疑夢過寒江。

秘色越器

九秋風露越窯開，奪得千峯翠色來。好向中宵盛沆瀣，共嵇中散鬬遺杯。

景陽宮井

古堞烟埋宮井樹，陳主吳姬墮泉處。舜沒蒼梧萬里雲，却不聞將二妃去。

江南二首

便風船尾香粳熟，細雨罾頭赤鯉跳。待得江殘閒望

長日斜方動木蘭橈

村邊紫荳花垂次岸上紅梨葉戰初莫粧烟中重回首酒家青斾一行書

溪思雨中

雨映前山萬約緣䳄声衝破似鳴機無端織得愁成段堪作發人酒病衣

江城夜泊

漏移寒箭丁丁急月掛蜑子㝎鸖明此夜離魂堪射斷更須江笛兩三声

宮人斜

草着愁烟似不春晚鶯哀怨問行人須知一種埋香
骨猶勝昭君作虜塵

送棊客

滿目山川似勢棊况當秋鴈正斜飛金門若召羊玄
保賭取江東太守歸

漢宮詞

招靈閣上霓旌絶柏梁臺中珠翠稠一身三十六宮
夜露濕玉盤青桂秋

上清

玉林風露寂寥清仙妃對月聞吹笙斷鸞唫澁曲未

豆似拂雲枝棲鳳鸞

秋荷

蒲葺承露有佳色菱葉束烟如勃蟬盈盈一水不得度冷翠遺香愁向人

有別二首

且將絲線繫蘭舟醉下烟汀減去愁江上有棲君莫上落花隨浪正東流

池上已看鶯舌默雲間應即雁翰開唯愁別後當風立萬樹將秋入恨來

病中曉思

月墮霜西竹井寒轆轤絲凍下瓶難幾人病久遲成渴愁見龍書一晷乾

送友之湖上

故人溪上有漁舟竿倚風蘋夜不收欲寄一函聊問訊洪喬寧作置書郵

寒日逢僧

瘦脛高褰托櫟輕野塘風勁錫環鳴如何不向深山裏坐擁閒雲過一生

冬柳

柳汀斜對野人窗零落衰條傍曉江正是霜風飄斷

霰寒鴉鷺起一雙雙

寄友

敬亭寒夜溪聲裏同聽先生講太玄上得雲梯不回
首釣竿猶在五湖邊

島樹

波濤漱若盤根淺風雨飄多着葉遲迴出孤烟殘照
裏鷺鷥相對立高枝

頭陀僧

萬峯圍繞一峯深向此長脩若行心自掃雪中歸鹿
跡天明恐被獵人尋

晚渡

半波風雨半波晴溪曲飄秋野調清各樣蓮船遲村去笠簷蓑袂有殘声

贈老僧二首

枯貌自同霜裏木餘生唯指佛前燈少時寫得坐禪影今見問人何處僧

自有家山供衲線不離溪曲取菴茅舊曾聞說林中鳥定後長來頂上巢

憶山泉

一夜寒声來夢裏平明着屐到　邊心期盛夏重過

臥旣却荷衣和上眠

白芙蓉

濇然相對却成勞月榮風裁箇箇高似說玉皇親謫墮至今猶着水霜袍

嚴光釣臺

片帆竿外揖清風石上雲孤萬古中不是狂奴爲故態沖華爭得黑頭公

讀陳拾遺集

蓬顆何時与恨平蜀江衣帶蜀山輕尋聞　士臭未薰祖自是無人祭禰衡

吴宫懷古

香徑長洲盡棘叢奢雲艷雨秖悲風吴王事事須亡
國未必西施勝六宫

送琴客之建康

蕙風杉露共泠泠三峽寒泉漱玉清君到南朝訪遺
事柳家逸韻舊知名

閨怨

白袷行人又遠遊日斜空上映花樓愁緣隨墮緊相逢
着緋窓戀春風牽未休

丁香

江上悠悠人不問十年雲外醉中身殷勤解却丁香結縱放繁枝散誕春

種蒲

杜若溪邉手自移旋抽烟劒碧參差何時織得孤帆去懸向秋風訪所思

范蠡

平吳專越禍胎深豈是功成有去心句踐不知嫌鳥喙歸來猶自鑄良金

山僧二首

山野幾重生草履澗泉長自滿銅瓶時將如意敲眠

霓遣向林間坐聽經

一夏不離蒼島上秋來頻話石城南思題瀑布聲前

坐却把松枝拂舊菴

上雲樂

青綠作篛桂為船白兔擣藥蝦蟇丸便浮天漢泊星

渚回首笑君承露盤

眠

一簟臨窓薤葉秋小簾風蕩半離褷鈎覓清雨急夢難

到身在五湖波上頭

行

尋入直到月塢北覓鶴便過雲峯西只今猶有踈野調但繞莓苔風雨畦

倚

橘下凝情香染巾竹邊留客露摇身背烟垂手盡日立聽得山中無事人

吟

憶山搖膝石上晚懷古掉頭溪畔涼有時得句一声發鷺鷥起聽鸞和夕陽

食

日午空齋帶睡痕水蔬山藥薦盤飡林烏信我無機

事長到而今下石盆

坐

偶避蟬声來隙地忽隨鴻影入遼天閒僧不會寂寥意道學西方人坐禪

新沙

渤澥声中漲小堤官家知後海鷗知蓬萊有路教人到應亦年年稅紫芝

鄴宮詞二首

魏武平生不好香楓膠蕙炷潔宮房可知遺令非前事却有餘薰在繡囊

花飛蝶駭不愁人水殿雲廊別置春曉日靚粧千騎女白櫻花下紫綸巾

古別

僊人左手把長簡欲射日烏烏不棲徊事離情甚明發一心唯恨汝南雞

高道士

尨眉道士風骨峻手把玉皇書一通東遊借得琴高鯉騎入蓬萊清淺中

蔬食

乳甌不要留殘膾塵洗無端惱子鶩香稻熟來秋菜

嫩伴僧飡了聽奈何

寄遠

縹梨花謝鶯口吃黃犢罗年年未歸畫扇紅絃相捧
映獨看斜月下簾衣

山中僧

手閑一室翠微裏日暮白雲棲半間白雲朝出天際
去若比老僧猶未閒

洞官秋

濃霜打葉落地声南溪和泉細泠泠洞官寂寞人不
寐坐見月生雲母屏

連昌宮詞二首

門

金鋪零落獸鐶空斜掩雙扉細草中日暮鳥歸宮樹綠不聞鴉軋閉春風

階

草沒苔封疊翠斜墜紅千葉擁殘霞年年直為秋霖苦濕陷青珉隱起花

懷宛陵舊遊

陵陽佳地昔年遊謝朓青山李白樓唯有日斜溪上思酒旗風影落春流

招石曉景圖

霜骨雲根慘澹愁宿烟封着未全收將題与說交通後寫得招江岸上秋

釣車

小輪輕線妙無雙曾伴詩人酒一缸洛客見時如有閒輾烟衝雨過桐江

漉酒巾

靖節高風不可攀此巾猶墜凍醪間偏宜雪夜山中戴認取時情与醉顛

華陽巾

蓮花峯下得佳名雲褐相兼上鶴翎須是古壇秋霽
後静焚香炷禮寒星

方響

擊霜寒玉亂丁丁花底秋風拂坐生王母閒看漢天
子满猗蘭殿珮環声

白鷺

雪然飛下立蒼苔應伴江鷗拒我來見欲扁舟摇蕩
去倩君先作水雲媒

溪行

暁天寒雨上灘時他已揚舲我尚遲自是檣低帆幅

少溪風終不兩般吹

太湖叟

細輕船買君歸酒痕狼籍編苔衣攻車戰艦繁如
織不肯回頭問是非

答友

荊卿雄骨化為塵燕市應無共飲人能脫鷫鸘來換
酒五湖賒與一年春

偶作

酒信巧為繰病緒花青長作嫁愁媒也知愁病堪回
避爭奈流鶯喚起來

春思二首

竹外麥烟愁漠漠短翅啼禽飛覞覞此時憶著千里人獨坐支頤看花落

江南酒熟淸明天高高綠旆當風懸誰家無事少年子滿面落花猶醉眠

訪僧不遇

棹倚東林欲問禪遠公飛錫未應還蒙莊弟子相看笑何事空門亦有關

謝山泉

決決春泉出洞霞石壜封寄野人家草堂盡日留僧

坐自向前溪摘茗芽

洞庭夕

月午山空桂花落華陽道士雲衣薄石壇香散步虛
声杉雲清泠滴栖鶴

峽客行

萬仞峯排千劍束孤舟夜繫峰頭宿蠻溪雪壞蜀江
傾灧澦朝來大如屋

江邊

江邊日晚潮烟上樹裏鵶鵶桔槔響無因得似灌園
翁十畝春蔬一藜杖

桃腮蛛容晚向敲秋烟脉脉雨微微過風障燕尋常
事不學人前當妓家

開元雜題七首

玉龍笋

何代奇工琢玉英細鬋纖筍盡雕成炬乾霧悄君子
苦風雨長隨一擲声

照夜白

雪蹄輕駿步如飛一練騰光透月機應笑穆王馳驁
乘蹋風鞭審向瑤池

舞馬

月窟龍孫四百蹄驕驤輕步應金鞞曲終似要君王
寵回望紅樓不敢嘶

雜伎

拜象馴犀角觝豪星丸霜劒出飛高六宮爭近乘輿
望珠翠三千擁赭袍

雪衣女

嫩紅鈎曲雪花櫕月殿棲時片影殘自說夜來春夢
惡學持金偈玉欄干

繡嶺宫

繡嶺花殘翠倚空碧窗瑤砌舊行宮閒乘小駟穠陰下時舉金鞭半袖風

湯泉

煖殿流湯數十間玉渠香細浪回環上皇初解雲衣浴珠棹時敲瑟瑟山

荆溪早景顥杜秀才水亭

曉和風露立晴烟舐恐腥黿涴洞天雲肆有龍君若買便敲初日鑄金錢

翠碧

紅襟翠翰兩參差徑拂烟華上細枝春水漸生魚易

得莫辭風雨坐多時

唐甫里先生文集卷之十二終

唐甫里先生文集卷之十三

笠澤陸龜蒙字魯望著

雜體

水國

水國不堪旱斯民生甚微直至葭菼少敗言魚蟹肥
豢到荒村無食啗對案又非謝梁覽只是乾笛結子
蛛[illegible]時殺得蔾羹糝

井上桐

美人傷別離汲井常待曉愁因轆轤轉驚起雙棲鳥
獨立傍銀床碧梧風嫋嫋

門前路

門前向城路一直復一曲曲去日中還直行日暮宿

何必日中還曲塗荊棘間

彼農 四言二首

毋路峨崄淳風蕩除彼農家流猶存厥初嘗棄焉而席

處焉而居首亂如[illegible]形枯若臘大耋既鮐童子未[illegible]

音 以負以載悉耨悉鉏柔桑聖道我耽古書小倦抛

學時遊汝廬有飯一盛莫鹽莫蔬有繻一緼不襟不

袪爾謂飢寒汝何遑歟

又

禹貢歌向上下合畢著人為鄭氏愛其賜去迂西以成
野有遺穗今夏南畝旱氣赤地遭其豐凶聚斂無二
退輸弗共進辭弗視覽于旻天以血為淚孟子有言
王無罪歲詩之窮辭以娛悍吏

曉起即事因成廻文寄襲美

平波落月吟閒景暗幌浮烟思起人清露曉垂花謝
半遠風微動蕙抽新城　上霧樓童小石鮮今采宿
鷺鄰晴寺野尋同去好古碑苔字細書勾

廻文

靜烟臨碧樹殘雪背晴樓冷天侵極戍寒月對行舟

奉酬苦雨見寄

招邀更加午陰黑別是江南烟靄國頑雲猛雨更相欺声似虓號色如墨茅茨裏爛箔生衣夜夜化為螢火飛螢飛漸多屋漸薄一注愁霖當面落愁霖愁霖爾何錯滅頂推余窮所作既不能賦似陳思王又不能詩似謝康樂（陳有愁霖賦謝有愁霖詩）昔年嘗過杜子美亦得高歌破印紙慣曾掀攬大筆多為衆才情也如此高揖愁霖詞未已披文忽向皮夫子哀絃怨柱合為吟悵參窮樓蓬羅裏初飛縕翼何由起未歇　天叩天耳甚如玉女正投壺笑電霏霏作天書豪本曾無一棱

去田平生嘯傲空漁船有時赤脚弄明月蹭破五湖兒底天去歲王師東下急輸兵粟盡民相泣伊余不戰不耕人敢怨烝黎無糝粒不然受性圓如規千姿萬態分毫氂尾唾壺虎子盡能執舐痔折枝無所辭有頭强方心强直撐柱頹風不量力自愛垂名野史中寧論抱困荒城側唯君浩歎非庸人分衣輟飲來相親橫眠木榻忘華薦對食露葵輕八珍欲窮玄鳳未白飲懷仙鯨尚隔不如驅入醉鄉中只恐醉鄉田地窄

夏日閒居作四声詩寄襲美

不一声

茶池菰蒲深閒階莓苔平江邊稻篁多人家籬櫳清

為書凌遺編調絃奏新声求懽雞殊途探幽聊抒情

平上声

朝烟漁樓臺晚雨染島嶼漁童鷺狂歌艇子喜野語

山客堪停杯柳影好隱暑年華如飛鴻斗酒幸且舉

平去声

新開窗牖偏自種蕙來遍遊書籤風搖鬧釣樹霧破見

耕耘閑之資爾詠性最便希夷全天真誰要問貴賤

平入声

端居懸無涯一夕鬓斑白因為雋章吟忽憶鶴骨峯手披丹臺文脚著赤玉舄如象清音訓名渴吸月液

訓若雨四声重寄三十二句

平声

幽樓眠睡窓豪居懸高樓浮遥鶩跳丸寒声思重衣床前無文竿簟邊鐙輕舟雖無東臯田還生魚乎憂

平上声

層雲懸天低久雨倚檻吟緣鶬藏荷香錦鯉逸臯影心將時人乖道与隱若靜桐陰無深泉所以遲短綆

平去声

烏蟾俱洸光晝夜恨暗度何當乘雲觸面見上帝愬臣言陰靈歎詔用剡劒付迴車誅羣蠹自斃爲顛沛

平入声

危簷仍空階十日滴不歇青莎看成往白菊即欲沒吳王荒金樽越妾挾玉瑟當時雖愁霖〻若惜落月

疊韻雙声二首

疊韻山中吟

瓊英輕明生石脉漓灑碧玉鉢仙偏憐白幘客〻惜

雙声溪上思

溪空〻光客雲木密不隕雨迎漁隱映開安閑誰鴉鳴

疊韻吳宮詞二首

膏愉吳都　眷戀便殿宴逡巡新春人轉面見戰箭

又

紅櫳通東風翠珥醉易墜平明兵盈城弃置遂至地

惜花

人壽期滿百花開唯一春其間風雨至旦夕旋為塵

若使花解愁愁於看花人

和胥口即事　六言二首

雨後山容若動天寒樹色如消目送迴汀隱隱心隨

挂席搖搖白蘋知秋露裛青楓欲暮烟饒莫問吳趨

行樂酒旗竿倚河橋

又

把釣絲隨浪遠柔蓬衣染香濃綠倒紅飄欲盡凨斜雨細相逢斷岸洸漁罶畧約畧二音奠細也隣村送客朧艄卽是清霜刮野乘閒莫厭柔重

聯句

寒夜

靜境攝神凝寒華射林欽龜蒙清知思緒斷無覺心源澈日休高唱戛金奏朗詠鏗玉節龜蒙豪思方沈寥君詞復淒切日休洞聞風篁上擺落殘凍雪龜蒙寂爾萬籟清

無諸鶴戢（休日）西窓客無夢南浦波應結（龜蒙）河光正
妍劍月晲方似玦（休日）短燼不禁挑吟毫看欲折（龜蒙）何
夕重相期燭醪還為設（休日）

開元寺樓看雨

海上風雨來撼轟雜飛電登樓一凭檻滿眼蛟龍戰
（龜蒙）須臾造化慘倏忽堪輿變萬戶響戈鋋千家披組
練（休日）羣飛拋輪石雜下攻城箭點急似摧胸行斜如
中面（龜蒙）細灑魔室冷橫飄目餘眩垂簷珂珮喧擽瓦
珠璣濺（休日）無言九陔遠瞬息馳應遍密霎正垂絙微
時又懸綫（龜蒙）寫作玉界破吹為羽林旋翻傷列缺勞

却怕豐隆倦(休日)遥瞻山露色漸覺雲成片遠樹歇鳴蟬深簷尚藏斑(龜蒙)殘雷隱轔盡反照依微見天光寥似磨湖彩熟於練(休日)踈帆逞前渚晚磬分涼殿接思強攆毫窺詞幾焚硯(龜蒙)佶栗烏皮几輕明白羽扇畢景好踈吟餘涼可清宴(休日)君携下高登僧引還深院駮蘚淨鋪莛低梠濕垂鬚(龜蒙)齋明乍虛豁林霽逾葱蒨早晚重登臨欲去多離戀(休日)

北禪院避暑(院昔為戴顒宅後司勳陸郎中居之)

歊蒸何處避來入戴顒宅逍遥脫單絞放曠抛輕策爬搔林下風偃仰澗中石(休日)殘蟬烟外響野鶴沙中

蹤到此　煩襟　然揖禪伯藤懸疊霜蛻桂倚支筇
錫龜清陰豎毛髮惡氣舒筋脉逐絲隨竹　選勝鋪
菹席奠跳上紫覔蝶花緣青壁相心是玉蓮徃耳為
金磬敲吾宗昔高尚志在羲皇易豈獨斷常纏樊將
利鐵擿龜天書既屢降野抱難自適一入承明廬廝
衡論今昔流光不容寸斯道甘枉尺相既起謝儒玄
之翻商羽翼封章惟悵遍夢寐江湖白擺落函谷塵
高歌華陽憤龜蒙詔去雲無　歸來鶴相識牛病奪平公
全慵捕魚客少微光一點落此邑際亭相釋乎問絶
墻門人廢幽　堪悲東亭寶忽變西方籍不見步兵

詩空懷康樂巖龕高名不可效勝境徒堪惜墨沼轉
踈蕪玄齋喻閒穿遲遲不能去添腮满衫袹休日日下
洲島情炯坐忘勞碧俱懷出塵想昔有吟詩癖終与
淨名遊還來雪山覓龕

穿上人院

癭床空默坐清景不知斜暗數菩提子閒看薜荔花
休日有情推墨客無語是禪家背日聊依桂嘗泉欲試
茶龕石形蹲玉兎池影閃金蛇經笥安巖隆缾囊桂
樹椏休日傳滄海外龕寄白雲涯竹色寒凌瑠燈光
靜隔紗龕跡幽翻小品逐勝講南華彩翮蕭露蓮

還張賁送觴繁露曲微句白雲顔龜蒙節奏難聽竹徑空

只話山日休理窮傾祕藏論　折去關張賁鄰酒兮中綠

巴牋擘處殷龜蒙清吟閒後醒強韻壓來艱日休犀柄常

風揖瓊枝向月攀張賁松吟方嘹嘹泉夢憶潺潺龜蒙一

會文　章昭明不可刪日休

報恩寺南池時穰秀才嵩起同作

古岸涵碧落龜蒙重軒明素波坐來魚陣變日休吟久菊

多秋草分杉露嵩之危橋下竹坡遶峯青髻並龜蒙

髯和趙論寒仍講日休支硎僻亦過齋心曾養鶴

嵩起揮翰好邀鸞南峯院即故相國裴公書額倚石收奇藥龜蒙隔溪籍

淺莎袿花晴似拭（日休）荷鏡曉如磨翠出牛頭聳（嵩起）苔
深馬跡跛（石上有支公馬跡）傘歌從野醉（龜蒙）巾側任田歌跁跼柖
影矮（日休）艇跚檜櫼燈香飛僧印火（嵩起）泉急使鏂銅蓑
鈿奠堪怡（龜蒙）尊緣公好拖幾時無一事（日休）相伴着烟
羅（嵩起）

夜會問答十首

寒夜清（日休問晉望）簾外迢迢星斗明況有蕭閑洞中客吟
爲紫鳳呼凰声（時華陽廣文先生在焉）
癭木杯（龜蒙問襲美）杉贅楠瘤刳得來莫怪家人畔邊笑渠
心秖愛黃金罍

落霞琴（日休問潤卿）寥寥山水揚清音玉皇仙馭碧雲遠空
使松風終日吟

蓮花燭（張賁問龜蒙）亭亭嫩蘂生紅玉不知含淚怨何人欲
問無由得心曲

金火障（日休問魯望）紅獸飛來射羅幌夜來斜展掩深爐半
睡芙蓉香蕩漾

懷山月（龜蒙問潤卿）前溪後溪清復絶看看又及桂花時空
子規啼處血

錦鯨薦（張賁問襲美）碧香紅膩承君宴幾度閑眠却覺來彩
鱗飛出雲濤面

懷溪雲（日休問　魯望）　漠漠閒籠鷗鷺羣有時日暮碧將合還
被漁舟來觸分

霜中笛（龜蒙問　襲美）　落梅一曲瑶華滴不知青女是何人三
奏未終頭已白

月下橋（日休問　魯望）　風外拂殘衰柳條倚闌干霧獨自立
翰何人吹玉簫

唐甫里先生文集卷之十三終

唐甫里先生文集卷之十四

笠澤陸龜蒙字魯望著

賦

春寒

宋玉雲夢侍從賦成酒闌君王慘憺顧曰春寒玉步進曰大王之國三分水居其一大王之宮後庭女子充溢洪波浮其空幽怨積其中不得不雨不得不風風橫雨斜天地溟濛寒之中人有異於嚴冬其來也低迷其狀也惆悵理難辯而詞作色雖莊而意蕩所以薰鑪留連緹帳相逢置酒則少避酡顏獨自登樓

則偏凌遠望簾窗戶遶池塘綠輕畏逼花怯愁當遊蜂爲之絕跡好鳥爲之深藏齊紈失色越縠騰光掩抑乎幽欒更遠連牽子別緒彌長芳神失戟陰御爭强朝耕犢戰暮蒲蠶僵民病如此君何勿傷襄王捲臺下席舞謝撤燕戲省嬪嬙以黃金爲玉壺然後返駕於高唐

後風并序

余讀玉溪生風賦有就顏避貽之歎似未知風賦以矯之

衣緇乎白髮華乎黑不爲物遷是有常德小人逞時

必變顔色弃瘠遂腴乃風之賊

杞菊斋序

天隨子宅荒少墻屋多隙地著圖書所前後皆樹以杞菊春苗恣肥日得以採擷之以供左右盃案及夏五月枝葉老硬氣味苦澁旦暮猶責兒童拾掇不已人或歎曰千乘之邑非無好事者家日欲擊鮮為具以飽君者多矣君獨閉關不出率空腸貯古聖賢道德言語何自苦如此生笑曰我幾年來忍饑誦經豈不知屠沽兒有酒食耶退而作杞菊賦以自廣云

惟杞惟菊包寒亘綠或頳或蒼烟披雨沐豕衣敗綈
我飯脫粟羞慙齒牙爲且細肉蔓延駢羅甚生宜多
爾杞未棘爾菊未莎其如予何其如予何

苔　幷序

江文通嘗著青苔賦置苔之狀則有之懲勸之道
則未聞也如此則杞下風土之旨廢因復爲之以
嗣其声云

天地閉風雨積門徑秋苺苔植雜方抱圓累紫疊碧
始兮封於危亭之下終絡地於荒畦之側侵竹隖而
繼步出蘭疇而盈尺纍色何似嘉名孰爲高有危袑

甲有澤葵散音嚴賨者石髮補空田者垣衣在屋曰昔
邪在藥曰陟釐緇質　綠錢之美香聞笑納之奇或
譚徒含反或蘸鬆或蘚或藷韡諫含姿而是類斯感物以
隨時則有衛霍天姻金張世族侯以恩澤拜館以形
勝築壁潜塗樹階緣城玉牀丹墩之象盡㬎蒼梧之
翠秃謂爵祿不必仁守英髦可以力服行叶四鼻見
菑五福一日盈𥫗中年頓覆斯乃也然婕妤之籌追
眺繡青封廷尉之門經秋更綠彼失寵以巨家君鮮
不勸哭則有林塘蛛蕩衛泌蕭條第菸上古机格已各
南朝畫偃則書瑤畫聖補歸則婦餉兒樵溝通壞塹

路隔危橋兩霽而奚騖沫聚霜乾則鶴刷翎飄浪求
名而蠖屈霊下命而龜進窓歃癭桃樹掛風飄山無
價買隱有詞招斯名也周內史宿酒盡邊烟波思起
屈大夫攬衣砧上黛嚮情饒彼遺形而放志者能無
獨謠謠曰答之坐子自名又有哀乎有樂哀者貴乎
樂者賤貴者危乎賤者宴噫哀樂乎何時止貴賤循
環乎而後已

蠶　并序

荀卿子有蠶賦楊泉亦為之皆言蠶有功於世余
序其禍於民也余激而賦之極言甚不可然[illegible]

乎詩人頌鼠之刺於是乎在

古民之衣或羽或皮無得無長其游熙熙藝麻績纑

官初喜窺十奪四五民心乃離逮蚕之生繭厚絲美

機杼經緯龍鸞葩卉官誕益饞盡取後已嗚呼既豢

而烹蠶實病此伐桑滅蚕民不凍死

自憐并序

余抱病三年於衡泌之下醫甚庸而氣益盛藥非

良而價倍高每一把臂一下杵未嘗不解衣輟食

而後致也其為窮且否亦已至矣聖人云五福六

極之數曰壽曰富曰康寧曰貧曰疾曰憂既貧且

疾能無憂乎憂既盈矣能無傷乎人既傷矣能不
奪壽乎是不蒙五福備被六極者也誰其憐之作

自憐賦

噫天地兮何德以生予付遂古之道兮惠而行諸聖
人耕吾亦耕聖人漁吾亦漁聖人窮或過于是聖人
達曾不依於既不獲築說莘伊委身而理天下又不
及箕巢穎許散髮而類鶉居率幽憂之情抱將退伏
於林廬謂之積兮繁其疏搜羅以虛謂之枵兮輔其
儲遜滿乃瀦兮無垠兮上無初退不足兮進有餘先
寒束縮後燠敷舒首蓬鬆以半散支棘瘠而枯踈中

踝兮焰炬之[illegible]毹兮冠帶之徂凌競兮上坂之馬帖捻兮横沙之魚行則左人而右杖臥則夕擁而晨祛冒忌者即席奮擊責功者越月紆徐憂寧忘起憤亦懷爐天難致問道竟何如孟子之言得矣盡信不如無書雖武成取其三二策而已又烏知是歟非歟皋繇瘖師曠瞽子則視瞻而言語鄒子跛行父禿子則趨蹌而櫛沐牽固陋而或全豈乖離乎素躅敢諫鼓不陳進善旌不溪布衣之説無由自通乎天子丞相府不開平津閤不立布衣之説無由自通乎宰執茍吾君吾相不聞天下之名言則蒼生何由弛械而

去藝傳云蠢之空言不若存之於事業易曰未繘井羸其缾凶歎水德之莫及哀吾材之不試徒抱影以中泣一蠋在木兮柯瘍葉痿寒暑三病兮吾寧禦哀服猛鷙兮捕龍蝸吾無力支大舜禹兮張孔姬吾其庶幾託斯文之赴愬冀君子之攸宜苟家龔戶塞之弗悟老死空山兮已而

田舍

江上有田田中有廬屋以菰蔣扉以籧篨笆籬楗微方竇虛疎簷卑欹而立傴僂戶逼側而行趑趄蝸旋頂釜龜圻旁塗夕吹入面朝陽曝膚左有牛棲右有

築屋將行蹬避未起啼驅宜從野逸反若囚拘天隨
子愀然而吁復自諫曰祿以代耕如無祿歟無祿無
耕爲工商歟有沮溺之賢以仕易農乎有輪扁之道
以仕易工乎有孫髙之義以仕易商乎今則不然能
無說爲蓋仕不愧祿而揣政咸率人以奉已使農工
之泊商民弃其守而趨仕農之仕墮於力而希歲工
之仕巧於文而幸貴商之仕射其肥而䧟利所以國
靡凶荒之儲家之完堅之器人闕有無之播莫不由
是加以上多而下寡不勝剥喪之苦轉從盜聚而充
熾焉嗚呼吾丁此時何以逭之將提新書抱野史上

于天子之有司如怒蟲之跳梁於風雨自謂登乎龍籍不其遠而遠而有牛角角有田基楨不值歲惡未嘗孔飢今則陽亢而驕苗渴而萎十穗百粒穫夫湔湊饘於是粥於是信夫鼎銘之我欺彼為聖人儉者茅茨勞者胼胝顧余懦夫勤陋何疑有緜在下者舉辟之德毋推汝諧者授禹之辭不舉不授雖聖胡為乃継而為之道不可不若天不可不樂謹爾溝塍利我錢鎛卿以卒歲更僕東作

求志并序

孔子曰吾志在春秋予以求聖人之志莫尚乎春

秋得文通陸先生所纂之書伏而誦之作求志賦
語蒋人之所好必舉嗜慾以為志余之生也百無一
厚者唯古學庶幾乎可媢嗚呼呼道之不存安能盡
識乎疑義樂夫子之春秋病三家之若雖得郯趙疏
鑿之與損益然後知微旨之可求乃服膺而誦之見
聖人之遠猷長風廓其群翳赫日臨乎大幽又似車
堅馬良善御者涉乎康莊高驟巨舟工泛者順其安
流如絫之就貫如蘋之獲抽伊尹和齊於五鼎箕子
區分於九疇酌大中於萬古偉聖心之獨斷宜乎沮
溺侯於夾谷斬正卯於兩觀濟公墓以淹廢遂隳私

城而防僭亂用千載之遺法發一辭而可判况先生之指歸屹彼濤而畔岸雖魑昧而不聞亦思之而過半范武子曰君子之於春秋也沒身而已矣吾謂斯言之不誣

榔李花 乾符三年作

試問花翁得榔李之春叢移来砌下出自山中長霑潤雨迴灑岩風曾不得次玉堂而晨低艷承畫閣而遲徵紅虛在芳菲之数徒干造化之功弱植歌危繁梢襞積一枝上能萬其膚蕚一蕚中自發參其丹白且夜以夭而舜以華芍藥為贈子美蓉可嘉誰為剪細

綺萃明霞鳳葆璁瓏於水[illegible]
庭楹徐飄蘂氣落幽閨悲怨別之夢爲空容道帶之思
初詩東陵聖母治態嫣妍近辭北蜀俟人往容英蓬
嗟其結蕣苔之地抱林麓之姿蝶善舞而稱君爲能
言而見欺香𡣕墜少帶戀飄遲當盃若不顧于道路
應知請看嵇康高士傳莫信長安輕薄兒

微涼戊戌七月作

椒梧既謝越椒閩梧屈原增傷菱先雁敗柳徇蟬荒日落
深宮十四等皆爲麗絶雲愁大澤九百里盡歆飛揚
暑退未退宵長未長傍實階一作曲檻以尋冷當綺疏而

薦香飄〻拂〻悄〻悵〻肴圖扇以搖清泥瑤琴而泛雅石穩將卧節輕歆把沈尹見王鈎佳詠不覺書之謝傳感栢伊哀箏無端涕下單栖悟早共賞情多應從遠聲定降明河病樹一枝度日空懷越奏輕帆十幅乘秋好唱湘歌殷浩休談楊弘自舞紛初潰而題媚塵適消而盡古正在安榴館裏寂寞饒潛嶄登酸棗臺時淒涼付庾潜生翠被暗着金樓銖銖減癖斛斛量愁草玄者遂貧無暇梯附者結客而游暮雨陵邊有魏主常聞之樂夕陽池上有蔡姬曾蕩之舟恨鎖疎烟衿披遠水露桂方澹風篁或倚郢侯之餘

泠猶在江令之宿醒初起道氣全衰離情遍駛許玉斧神超碧落仰接塵難成花君愁別青宮追傷未已

中酒

書編百氏痾載千名將有賓於九死諒無敵於餘醒窓間落月枕上殘更意欲悶而無悶夢將成而不成心悄々目瞠々愛靜中而人且語愁曙後而雞已鳴才遭轆轆適別恩情屈大夫之獨醒應難共語阮校尉之連醉不可同行氣縷支綿神離色沮前歡已誓於拋擲往事空經乎思慮有識卓擒壺觴伶之伍我頹先登有殛狄被杜之君臣能執御聿疑當拔酒樹

平翅封培仲樝碎兜鍾先刋羨禄次削真龍編虎鬢者寧敎畔去待雙鬢者不要相逢歆倚還眠將詞又黙深窮寂寞之境別有淒凉之域黃昏細雨迷途而不到長亭白晝繁華失意而初歸故國背枕求穩牽幃就黑愁廳平子分與渴是相如傳得感物逾嗟懐仁又惻謝月鏡共王淸去去不乏風流杜蘭香別張碩來來更無消息冠纓不御杯按空陳徒藏鸞〻之髀漫費猩〻之唇牛心表異熊掌稱珍剪雲夢豈青豈摘泮宮芹周子之菘向晩庾郎之韮初春加以歐川桂蠹頳谷檎人雖馳心於萬品且忘味於兹叵奠

話三年誰云五斗從齊奴車騎妬水任阿寵風姿似柳仙莫得而媒艷何能而有麟毫簾近遮雲母不足矯心琥珀剗將還玉兒未能迴首或乃強迎賓友力吝賤書落魄不啻厭伊有餘襜褕猶嬾整解散固慵梳卞士尉專諷蝦蟇誠堪竊笑莊周子化為蝴蝶實是憑虛客曰雖鯖鮓能珍微風可折豈比夫榴花竹葉之味酈水之清中山之碧必能醺骨酡顏潛消暗釋况前覆乃後車之鑒獨行為衆人之僻不然吾將受教於聖賢敢忘歡伯

唐甫里先生文集卷之十四終

唐甫里先生文集卷之十五

笠澤陸龜蒙字魯望

賦

幽居賦并序

陸子居全吴東距長洲故苑一里闤闠不通人事且欲吟詠情性曰燕居則仲尼有之矣曰卜居則屈原有之矣曰閒居則潘岳有之矣郊居則沈約有之矣既拖幽憂之疾復爲低下之居乃作幽居賦其序云

余少學窮立早持堅白其生也懸贅附疣其材也

戴癭御瘤居無養拙之資出有倦游之歎初張蓬矢嘗遲志於四方未佩 敢違仁於一旦雖家風未泯而世德全衰門第韋平材兼魏邴激清芩而鎮俗追雅望於圖形荀勗乃天下表儀裴秀為朝端領袖朱輪十乘紫誥之篇炳若星辰煥乎竹帛俯觀圖諜謬辱孫謀五鼎蕭條賜書零落漆工酒保幾欲沈淪故栗空桑屢瞻摧折劉起劉毅俱無儋石之儲許邁許詢但有山林之志思鑿坏而遁聊倚樹而唫師道氣於龜腸扣兵鈐於魚腹窮年學劍不遇白猿隔日伏痁未逢黃鵠止則葭墻

丈席行則葛屨柴車仲宣方翫挍碁枰叔夜還蹴於鍛竈既知草知晦朔木讓榮枯日推壘別為三始悟儒分至八何晏之言道德不及王生鄭玄之注春秋才同伏氏初陳梗槩漸入精微探栢範之智囊掘張憑之理窟遺其耳目然後為之聰明差若毫釐焉足言乎大小加以病惟鬬蟻力止戲蟬簾幃非翡翠之榮鍾鼓豈鶢鶋所樂退惟衡泌（毗切）聊以棲遲建一畝之宮忝稱儒者置十金之産雅叶中人晏子以囂塵可容曹公以泥水自蔽羅含宗王常苦出於荊蠻蕭相武侯亦潛居於僻陋

揚德祖家惟弱柳殷仲文庭只枯槐馮列薑辛蘗欽蕙碧精安有稻名半夏藥魏恒春長榆亦降星脩竹乃生雲母潘岳館裏嘗聞柰素瓜甘庾信園中亦話棗酸梨酢徂故切觀留詠惟尚清風今古攸同聖賢何遠武仲游於沛澤伊尹耕於有莘子欲無言回不願仕神交六位方爲貴卜之人歌動五噫始作賃舂之客況布縕綸帽尚足朝昏羽扇貂裘猶堪寒暑得以書抽虎僕射用牛蝻自理茶粗閒披釣褐經稱小品還下二百籤賦謂名都略點八十處下問得摯塗之義涂聽聞想怒之詩既

巳逢原遂成攜翰非因授簡初排直鞭不能粉飾大猷且用玄黃稗說貽於好事希從得意而傳責以壯夫甘受子雲之笑賦云

泰伯勾吳通俟舊里地接虎丘門臨鶴市比顏巷兮非陋方賜嫿兮猶峙樂令有名教之樂兮以仁行莊生乃道家者流咸從達起彼既得矣余何謝焉欲神攝於精氣法天隱於遺編曾仲孫衣止七升之布樂武子食無一卒之田賤不容憂貧惟可賀寘心而姑務藏疾卷舌而誰能擊惰爭先敢脫乎牛車自給方營於馬磨噫秦時亡命競作帝師吁漢末遺臣皆稱

王佐吾焉用此僕病未能藝合歡求鮮表之力餌陵
蘿明攻冷之懲悲少歌於趙壹喜長肅於孫登萬古
騷人遠追乎橘浦百金獻事近出於松陵亦慕倫桃
還怜眷艾芰何悲尺蠖之屈未損夫夫之志投簪隱
几聊思惠甫談玄擲札彈毫聊效文通奏記夫靜者
躁之君名者實之賓進不參於多士退宜追乎逸人
頌巖土之三壤託高風之四鄰纔祛燥濕稍遠囂塵
以日繫時且復窮於魯史穿池種樹正欲擬於齊民
室之宗壇墉非縮板因坎窞以為洫謝蒙籠而表限
盃介無是非之心阮通能青白之眼龜狀麐幘訝將

隱兮何遅掾飯菁蔓笑謀生之太簡是知名安可鈞
筆不堪耕有白鳳之才乃先為贅客有雕龍之辯然
後為狂生雄自投而幾死補流慟而將行外變方施
孟子虛陳乎仁義中讒旣勝韓非徒恃其從横況復
支離壹鬱厓陋蹇吃才甚微而寡文體素寙而多疾
陰鑿藥銚披硯幌以皆來徐邀酒鎗擁寒爐而必出
自然忘物我混窮通將大宗師理叶與　貞宰情同
優游蹇馬脱落冥鴻竊慕王睎眷戀於芳辰美景深
符謝眺留連於明月清風得不分碕岸而飾荒臺輟
全錢而貿佳樹蕁綵兮欲流千里草帶兮初圓十步

頹垣抱碧無非海髮山衣晴座飄香盡是松肪桂蠹
加以籬邊種菊後堂生萱霞封之新桐乍引臨窻之
舊竹猶存花妨過帽柳礙移門夢去而雲遮絕洞蘿
歸而永遠孤村過境逍遙就魚鳥之性樂開襟散誕
見羲皇之道尊卑雇玄泉屢存庭苑晏發度而將落
懼無文而不遠貂管閑窺羊岐忘返搜束晳之亡缺
補陳農之遺逸梁世祖府充名畫或得奇蹤任敬子
家聚羣書率多異本同嘗髮歸莫究多毫徒羨玉杯
珠柱上書名下琴名之飾美象格犀簪之態高寒容朴野不
稱蓬蒿悵殘編之未構奚雅具之為榮况乎栖平蕪

古木之地壯披褐擁篇之事宜其稡台巾新纁文飾
笥次耗粺以爲食割瓠瓢而作器荷蓧而行擾梧而
韡姝穹䠋德依占買渻秉麈醉可全貞但舞王戎如
意具間谿爾此外蕭然萎肱則惟眠一被江華則還
留夜鐘望夫子之門墻仍過數仞頗先生之屐襪不
嘗雙穿敢驚時而獨行聊叙視而返聽豈可浪發志
閔虛搖譚柢夜將半而誰客月每旦而誰評去声清言
不屈孫劉減於中軍善講無窮支許耶輕於小令或
抽易軸或叩玄端演精微於簡易廿涘泊於危難澄
如上水畟音測若長竿與去声牛心者赴敵持麈尾者登

壇交衡而矛戟初利頓挫而風霜正寒與公雅韻仲祖旁觀始信何才當指地於丞相方知習健抗弥天之道安彼濩落而無容且蕭條而高寄兼平目以咸外曷丘園之足貴幸春物之向榮列入鑒而是遺陰者覓而陽者勝孰謂兩儀齊者繆而腹者危矣云一氣貞宰難問洪鈞肯留人間未適象表何求縱使陶煙霞而傲睨騎日月以嬉遊乘剛直上躡景冥攬縱横兮四海飛揚兮十洲閬仙苑之琅書安能解愠傾谷公之金醴幾得銷憂不假大招寧馳驂龍悲故鄉之何在望平原之無極（陸卿在平原乃遠祖所封之地）歎鍾儀之沉

老於漁樵而勠力庚桑有道猶居畏壘之類接輿佯狂亦取桃音椿櫨之食徐誇下舍陶愛吾廬上淁於陵之畦圃旁兮建業之村墟時牽殗殜自把渠疏友之惠施莫解連環之義醫無文摯誰知方寸之虛存其道而或過失其居而或旅才將命兮坎窞性與時兮甘齟齬閒淆廣澤頗學弋於蒲且弋或作戈終蹈滄溟更緣家於芋嶼夫動以勞吾身靜以休吾神苟能推於用捨自足究乎天人思任誕於窮擔何辭井臼不求容於側徑何患荊榛湛音沈冥者朴素之源毀譽者浮華之轍著名聚雪仍招死草之譏琴號落霞亦被

枯桐之說值聖則幽贊成功逢賢則雅音攸發同於德者大亦宜然殷宗命相於嵒下周武迎師於渭邊有東山北郭之風纔能養素有左車右侯之計未足圖王嗟浩嘆而哀吟畏蘭彫而蕙歇清罇方灧於瑶水寶瑟坐凝於華月歸田少摻猶疑斥鷃追飛羽獵相逢可謂燕菁唐突

採葯并序

葯白芷也香草美人得此比之君子定情屬思聊為賦云

日上融冷春歸飾荒覩一時之流恨撫萬古之遺香

開今古不虛不宗說地則非瀟非湘寒其樂煙雋而
動邑擢其體靈從而騰光颯畔牢愁子雲於焉華轄
吟哀時命旻倩由是擢藏清思矜年慵情旻晚胡繩
繫客以難駐冒車載春而不返陋君折楊柳須爲送
行陋君採芙蓉仍勞贈遠豈如陰晴互出雜豔相迎
限回鳳喜怨盼鳩鸞侍矣者青琴作魏顧喟疑者碧
玉爲名偷鬟積鏡鬟盈目斜河而水怯鬟疊葉而雲
爭蘭在口以時闘嬌如連瑣蕙牽心而不定飄若懸
旌契叩難申融怡自許石能潛遁以求偶山亦浮來
而命侶譬不爲巖阿竹冉冉孤生譬不爲澗底松亭

亭罽處於是歟舳本掩綃縠房紅者自破帶繚者誰披皇懷母之浦詠遺襟之詞烟兮而麝墨猶濕綺斷而龍刀合知尺言長信長門年年可恨未必傾城傾國箇箇生悲臨階躑躅以虛徐當戶薔薇芳綽約一作約弱婞咋葉而生盡鶯蹊枝而易落未若比堂公子樹芳草忘憂南國佳人佩生香辟惡露蕋煙冶風條翠謔不知海傍之期遠不信人間之命薄休為上計掾宮中尋寶釵聊作侍中郎且乘金絡別有廬江小吏屬一作蜀郡長卿或支離而築恨或調笑以囊情本司手稟譽倨而霧情兼禮義以肅明鄭交甫則江遑珮解葛綠

華則席上詩成彼怡神而致問皆護節而含貞婉孌翹前一作踈櫂自持雖陳辭而往愬遷一作延却立終結抱而難平溪瀉墟穿腸迴好繫蠱綵纖怨以咸叚象酒獨愁而到劑江僕射之孤燈向壁不少凄迷張記室之必婦當壚還應細嚴景方點蕩思已低擢酒瘦於子建為使花困於靈均作娃何廉物之相負痛妍華而来迴莫奥心傷瑶圃從鷺鶿鳩擧桂二音如防瞻怯空彝宜畫魁堆螺也一作𢿘剩欲追尋徒嗟緬邈杯形連理而終在扇樣合歡而可學若遇劉公伯雅夢亦沈沈如逢一有西字王母少兒書還數數

書帶草

彼碧者草云書帶名先儒既沒後代還生有來邪甘莫共三山芝枝無香可媚難將九畹蘭爭吻詞林畔種在經苑中帶翠影臨波恐被芙蓉見鄙貞姿傍砌態爲芳蘂相輕發葉也一作抽英因天授性紛稚去池上之宅拂仲尉門前之徑不省教施異術安得返魂未嘗輒入明廷何當指使幾臨寒日幸到青春落蘂未傳於漁父蕭葦稱詠於詩人霜亦會露潘令偏知白莖風常過起宋生惟道青蘋栽培只倚於賢隣搴頻長〻象乎〻雅戲出懸無用舒還有異當琴操發伯牙

山水之情值濡綿動鑒翦惕秋之思敦曰求友享吕
慕羲吳娃揖上空羨苔茲魏主帷中惟通蕙氣或乃
蘭熒越徼菫茂周原幽搜莫及興詠徒存此則對仲
擧蕭蹝之室處子山搖落之園不識深宮豈是曾爲
帝女非侵遠道誰言能憶王孫徒愛其斂蹝煙拔曉
露蒻可攬結句能布護蕭蕭而不許榮枯漠漠而何
干好惡金燈照灼尚驚秦帝之焚粉蝶留連真謂羽
陵之蠹爾乃高推籬菊瑞許階蓂我則惟覩志士每
驟流螢豈便離葛葉於隙地希杜若於遙汀灙遇翰
林主人之一顧庶長保於青青

秋蟲

敗壁秋立昆蟲夜鳴蠆者角者旁行却行一不知其詭狀窒太息於繁聲俱霑品彙共費生成究陰階而負固抱枯蘚以圖榮退無力後進不爭名體肖翅而易動音嗚咽而難平深宮淚迸逆旅魂驚香殘漏永月昊樓明謝臨川竹樂微唫應侵古調劉越石登陴坐寤更長餘清唧噴懷讒悽嘶徃想纏急如斷絃幺欲怒或自奇而不屈或相先而並妬亦有騷容栽錄詞人暫賦已矜床下之光輝遽笑草間之霜露悲夫

魏潜移愁屛屢顧耿不宵夢悠悠遠趣朱雲沒後

方知直氣無前馮衍歸來始嘆高才不遇

麈尾

謝文靖桓靈武王東亭郗北府相與叩易論玄驅今駕古散入神明之賾中稽道德之祖理窟未窮詞源漸吐支上人者浮圖其形左擁竹杖右提山銘於焉跪坐引若潛聽俄而齧鈌鳳竹逍遥義立不足稱異纔能企及公等盡矚當仁咸云俯拾道材乃攝艾紈而精要捉犀柄以揮揖天機發而萬目張大壑流而百川入嗟乎世路崎嵚藏詭掩瑕陽矜莊而靜嘿嘻奔競而喧嘩貞襟柴棘奧旨泥沙雖然絕代清談客

置此聊同王謝家

唐甫里先生文集卷之十五終

唐甫里先生文集卷之十六

笠澤陸龜蒙字魯望

雜著

叢書序

叢書者叢脞之書也叢脞猶細碎也細而不遺大可知其所容矣自乾符六年春卧病于笠澤之濱敗屋數間蓋蠹書十餘篋伯男兒纔三尺許長碼(音毀)齒猶未徧教以藥劑象梧子大小外研墨泚筆供紙扎而已體中不堪羸耗時亦隱几強坐內壹鬱則外揚爲聲音歌詩頌賦銘記傳序往往雜發不類不次混而

載之得耕爲叢書自當[去聲]綴憂之一物非敢露世家耳目故凡所諱中略無避焉笠澤松江之名

送小雞山樵人序

小雞山在震澤西出吳胥門背朝日行四十里得野步市曰光福光福西五里得土山山土多石寡無大林木率生小櫟樸樕皆薪材宜吳之爨此爲助焉連延廣褎不一其主爲言畫疆界以相授自冢至麓凡二百弓東北倍高而加半焉余所置多少如此予家大小之口二十月費米十斛飯成理魚蔬輩十解薪然後巳四時實　沐浩瀚濯疾病湯藥糜粥莊外歲

入五千束足矣其掌而供事曰顧及小雞之樵人也

乾符六年春弗雨夏支流將絕八月暴雨而巨漪可實而行之矣九月朔方置薪二百五十於門名而責之曰吾一夏來擔販屋拔庭草以炊雨之明日望爾來矣何數廉而至晩得非樵吾山而爲汝之利耶吾而欺如名惡何及笑曰吾年餘八十矣元和中嘗從部遊京師人言國家用兵帑金窖粟不足用當時江南之賦已重矣迨今盈六十年賦數倍於前不足之聲聞於天下得非專地者之欺甚乎吾有丈夫子五人諸孫亦有丁壯者自盜興已來百役皆在亡無所

容又水旱更害吾稼未即死不忍見兒孫寒餒之色雖盡售小雞之木不足以濡吾家朝一二買名爲偷乎今子一場竈不給而責吾之深吾將欲移其責於天下之守則吾死不恨矣予歎之曰汝之言信也然不當豢於予汝姑歸與之酒繼之以歌歌長其觴兮利其斧斧輸予薪兮勿予侮田予[illegible]兮穀予庭実農爆兮蓬縷縷窓有明兮編有古能而安兮此編是任時不用兮吾無汝撫

遜亞處士渭[illegible]墅詞并[illegible]

魯家讀楊雄所爲書知其[illegible]草易法言[illegible]曉得

文中子王先生中說又知其書與法言相類道之始
塞而終通子雲軋々不足當也何者子雲仕於西漢
末屬莽賢用事時皆進符命取寵雄獨默々以窮愁
著書病不得免人希至其門止一侯巴從之受太玄
法言而已文中子生於隋代知聖人之道不行歸河
汾間修先王之業九年而功就謂之王氏六經門徒
弟子有若鉅鹿魏公清河房公京兆杜公代郡李公
咸北面称師受王佐之道隋亡文中子没門人歸于
唐盡發文中子所授之道左右其治太宗每歎曰魏
徵暴我功業如此恨不使封德彝見之逮今十八聖

舉其居必曰太宗奉其相必曰房魏上下之心恥不及貞觀則生人受賜足矣豈非文中子之道始塞而終通乎丈人文中子外諸孫也誦文中子書不絶于口率兄弟耕稼以自給一旦訪龜蒙曰吳中兵荒來人不足丈家之食安能遂退藏耶吾從子相天下矣吾西而見之龜蒙曰丈人外族之門人實作良輔今復家有丞相必以房魏之道致君中興是内外有德於四海也此行徒東歸乎昔丞相未升甲科時年纔弱冠龜蒙幸得參游中以兄事之許與膠固形於歌詠及丞相爲朝鉅儒居侍從之列龜蒙江湖邉病不

能起一耒而耕一船而漁有文三十編有書數千幖未嘗干求諸侯故沒々無一人道著名字今丞相方築太平之基架群材立清廟丈人丞聞宴語幽仄試丞相意復念以小謝城址秋霖聲高中夜對榻有昔吟生耶因丈人之行叙房魏得王佐之道丞相追貞觀之風小子僕言曩日之分雜而書之用以為送

送侯道士還太白山序

侯生嘗應舉名形作七言詩甚有態度不見十年自云戴貢於有司藝不中度輒得黜齟齬不與世合去入老子法中作道士更名雲多居太白山在雍西南

梁州之地苦寒霜雪常積雖夏五六月赫日在上群峯若焚我獨皓然玉瑩岩壁凋凝之木不數百年不能為材及其堅良不與他等民衆是氣皆壽而不衰况養生者耶吾南遊天台既将徙而老焉予曰夫物命乎天者人不能有存乎人者天不能奪推其氣則謂之一考其命則有懸絕不類者爲居恒寒之地而不夭者吾不信也處恒燠之地而不壽者吾不信也信其命乎天者人不能有而已矣傳曰仁者壽則恒寒之地不仁者夭而死矣恒燠之地仁者壽而生矣苟恒寒之地壽其不仁者恒燠之地夭其仁者是寒

燠為不祥之氣又何以佐天地生植乎哉如此則居寒而壽居燠而夭者蓋不信也信乎人者天不能奪而已矣或曰仁者壽不仁者蓋壽不仁者夭仁者亦夭吾又不知命乎天存乎人果可信乎未也無乃自壽自夭自仁自不仁耶天不能與之又安能奪耶信矣姑務乎仁無以山寒自欺吾亦信子之壽矣

江湖散人傳

散人者散誕之人也心散意散形散神散既無羈限為時之怪民束於禮樂者外之曰此散人也散人不知恥乃從而稱之人或笑曰彼病子之散而目之子

反以爲其號何也散人曰天地大者也在太虛中一物耳勞乎覆載勞乎運行差之晷度寒暑錯亂望斯須之散其可得耶水土之散皆有用乎水之散爲雨爲露爲霜雪水之局爲瀦爲淤爲瀆汙土之散封之可崇穴之可深生可以藝死可以入土之局墳不可以爲堤甓不可以爲盂得非散能通於變化局不能耶退若不散守名之筌進若不散執時之權筌可守耶權可執耶遂爲散歌散傳以志其散

甫里先生

甫里先生者不知何許人也人見其耕於甫里故云

（甫里松江上村墟名）先生性野逸無羈檢好讀古聖人書探六籍
識大義就中樂春秋抉擿微旨見文中子王仲淹
為書云三傳作而春秋散深以為然貞元中韓晉公
嘗著春秋通例刻之于石（今在翰林文宣王廟）意以是學為己任
而顛倒漫漶（烏館切）翳塞無一通者殆將百年人不敢
指斥疵類先生恐疑誤後學乃書據而辨之先生平
居以文章自怡雖幽憂疾病中落落無旬日生計未
嘗輟點竄塗抹者紙札相壓投于筐箱中歷年不
寶為一本或好事者取去後於他人家見亦不復
謂己作矣少攻歌詩欲與造物者爭柄遇事輒變化

不一其體裁始則變轉波濤穿究險固因鎖惟吳[illegible]碎陣敵卒造乎澹而後已好潔几搨音闒牕户硯磨剪然無塵埃得一書詳熟然後實于方冊值本即校不以再三為限朱黃二臺未嘗一日去手所藏錄少咸精覈正定相傳借人書有編簡斷壞者緝之文字謬誤者刋之樂聞人為李講評通論不倦有無賴者毀裂襆汙或攘去不返先生戚然自辠先生貧而不言利問之對曰利者商也今既士矣柰何亂四人之業乎且仲尼孟軻氏所不許先生之居有地數畝有屋三十楹有田畝十萬步吳田一畝當二百四十步有牛不減四十蹄有

耕夫百餘指而由汙下暑雨一晝夜則與江通無已田他田也先生由是苦飢困倉無斗升蓄積乃躬負畚鍤率耕夫以爲具具匡之具且每歲波雖狂不能跳吾防灟吾稼也或譏刺之先生曰堯舜黴明飢切瘠大禹胼胝彼非聖人耶吾一布衣耳不勤劬何以爲妻子之天乎且與蚤虱名器雀鼠倉庾者何如哉先生嗜茶荈置園於顧渚山下山在吳興郡歲貢茶之所歲入茶租十許薄爲甌犧之費自爲品第書一篇繼茶經茶訣之後茶經陸羽撰茶訣皎然撰南陽張又新嘗爲水說凡七等其二曰惠山寺石泉無錫縣其三曰虎丘寺石井其六曰吳松江是三

水竝先生遠不百里髙僧逸人時致之以助其好先生始以喜酒得疾血敗氣索者二年而後能起有客至亦挈罇置觶但不復引滿向口爾性不喜與俗人交雖詣門不得見也不置車馬不務慶吊内外姻黨伏臘喪祭未嘗及時往或寒暑得中體性無事時乘小舟設篷席賫一束書茶竈筆牀釣具櫂船郎而已所詣小不會意徑還不留雖水禽决起山鹿駭走之不若也人謂之江湖散人先生乃著江湖散人傳而歌詠之由是混毀譽不能入利口者亦不復致意先生性悁急遇事發作輒不含忍尋復悔之屢改不能

矣先生無大過亦無出入事不傳姓名無有得之者
豈涪翁漁父江上丈人之流者乎

戩秋辭

八月空堂前臨隙荒抽關散扇晨鳥未光左右物態
森竦發梁天隨子爽駴五可切恂慄恍單庫之我嘗濠
然而溝壘然而堵𦾔然而桂隊然而簹彭巉攢矛蔟
㵽建常稿艾矢東蟠蔓絃張𦾔龍合助吹鳥分啓行若
華進而金止固遶陰而就陽無何雲䫌師風旨伯蒼
茫慘澹𩕳危摵劃烟蒙上焚雨陣下棘如濠者涯如
壘者闘如𦾔者亞如隊者析如矛者折如常者析如

矢者作如弦者磔如吹者膂如行者惕石有髮苫盖蒙木有耳艿咸䉡雲風雨煙乘勝之勢驕杉篁蕉蔓敗址皆之氣撼天隨子曰吁狄無神則已如其有神吾為爾羞之南址幾圻盜與五耆方州大都虎節龍旗尾解冰碎瓜分豆離谷抵耋老千穿乳兒昨字仐熸朝人暮尸葛犢一哈千倉一炊攫踐邊朔殲傷蠻夷制質守帥披攘城池弓拳不刓甲縷不離兜渠歌哭裂地無疑天有四序秋為司刑少昊負扆觀朔百靈蓐收相臣太白將星可靂可雹可風可霆可壍溺頡㢠可夭札迷冥曾忘鑿鬭自意澄寧苟蜡禮之云

責觸天怒而誰丁柰何欺荒庭凄壞砌撥崇葩芟蕙揭編茅而逞力斷綿蕭而作勢不過約弱敵無哉殘廢瞽可謂棄其本而趨其末捨其大而從其細也辭猶未已色若媿耻於是墮者止偃者起

祝牛宮辭 并序

冬十月新牛為寒築宮納而皁之建之前日老農請乞靈于土官以從鄉教予勉之而為之辭

四犗三牯中一去乳天霜降寒納此室處老農指个度地不畝東西幾何七舉其武南北幾何丈二加五偶楹當閒截尺入土太歲在亥餘不足數上締蓬茅

下遠官府耕耨何時飲食得所或寢或卧免風免雨
宜爾子孫實我倉庾

迎潮送潮辭 并序

余耕稼所在松江南旁田廬門外有溝通浦溆而朝夕之潮至焉天弗雨則軋而留之用以滌濯灌溉及物之功甚鉅其羸壯遲速繫望晦盈虧也用之則順而進捨之則默而退有類乎君子之道觀而感之作迎潮送潮二辭聊寄声於騷人之末云

迎潮

江霜嚴兮楓葉丹潮聲高兮墟落寒鷗巢卑兮漁箱

短遠岸浸兮光爛爛潮之德兮無際既充其大兮亦
充其細窗幽人兮歎柴門寂寞流連兮依稀舊痕濡
餘澤槁兮潮之恩不尸其功兮歸于混元

送潮

潮西來兮又東下日漾中流兮紅灑灑汀葭蒼兮嶼
蓼枯風騷牢兮愁烟孤大幾望兮微將晦翳睨瀛溶
兮斂然而退愛長波兮數數一幅巾兮無纓帆生塵
兮檝有衣悵潮之還兮吾猶未歸

問吳宮辭 并序

甫里之鄉曰吳宮在長洲苑東南五十里非夫差

所寺之別館耶披圖籍不見其說詢故老不得其地其名存其跡滅悵然興懷古之思作問吴辭云

彼吴之宫兮江之郍涯復道盤兮當高且斜波摇踈兮霧濛落葩晉國兮鶩冢爲之簫兮妓之琴瑟駢羅參差兮界緜密纖曲房兮上初日月落星稀兮歌酣未畢越山叢々兮越溪疾羨人雄劒兮相先後出火姑蘇兮洛長洲此宫之麗人兮留乎不留霜氣重兮孫榜蹝遠樹枯踈兮愁烟悄眇歌擁愁煙兮問故基天恐愁煙兮推白鳥

唐甫里先生文集十六卷之終

唐甫里先生文集卷之十七

笠澤陸龜蒙字魯望

雜著

登高文

金行告窮日御初九挏陰雨壓乎泥沙菊氣凬揭手户牖寒無以衣病不得酒茫洋于心噎嗢在口雅子拱而進曰古往滔々人生實勞或暇或逸以嬉以遨敍辰甚良足嘯吾曹邀山選臺席餌撙醪既可追乎災眚亦聊釋乎鬱陶齊諧之流載此世所謂夫登高者也嘗有意乎予曰吁雅子之言止於是耳曾不探

乎與旨吾數畝之間門常晝關李無端倪宛若循環
時孤笑以獨憤樂正直而非險艱為書據之與善治
持有頑有行同而跡類者尚憤疾乎声類一驥在坂百
驚在閑傳嘶振秣俛病擠孱仲尼登東山而小魯況
肆遠目而務周旋者哉陽專輿邃假竊名器有主有
人前呵後騎倿舌呷啞所向上下鏜威介私放蕩侈
哆如此者又欲見耶崇閎大居壁粉塗朱脊會螭屹
扉環獸鋪輪鮮躋驕羽翼成徒纁碧其內緣璧彼姝
主張何人庸兇貫夫如此者又歡見耶纓弁外飾侮
吝中積簡弃信忖附比凶德仁澤乾枯義路揞塞譏

之所憎始厚終斥權之所怜昨罵今惜反[illegible]背面天
遼海隔如此者又欲見耶國金鑄兵赤子聚盜殺人
無慚罪人何躁造化不象名称同暴驟頹墻垣不填
堂奧生靈幾何過半減耗殘存伶俜輸輓犒勞羸豪
偏頗役使顛倒晉毆吏笞不舍重老如此者又欲見
耶古所謂登高能賦者賦物之姿慘戚在下吾寧忍
欺爾以災眚可追轉陶可披我中去声時病言開懇隨
我感物悴遐瞻迹噫是使災眚弥熾轉陶愈悲惟爾
敎我百無一宜我穀未實我蔬未肥弗視農圃吾將
曷歸無重我悔吾方憒々雉子不樂惴縮而退

告白蛇文

田廬西址僞有古丘焉高可四望予將昇之以眺遠舒鬱豐晨民遮言曰不可是丘有虵巨如井缶而白忤之能爲祟不利人多矣宜無往予取酒沃其丘告之曰生而白者犬雞馬牛而已其餘則老而後白狼狐兔鹿烏雀鷰雉龜蛇之類是也人老而毛髮皓白耗昏倒不能記子孫名字形朽神潰以至于死物老而鱗毫羽甲盡白白而後有靈非以聖賢存乎上德光被于下則不爲之出出必人奉之以獻不敢隱匿唯蛇不在瑞典雖然神而且靈尚矣故漢之興神蛇

謂之白帝子得非天命志恠者必曰自然多宂老擯
嗀犬木要野吡盤肴醼酒之享作小兒女子寒暑嘗
眩淫巫倚之彈絲瞋目歌舞其妖怛駭其惑考鼓用
幣備冐其上歲時奔走畏在人後疾病不治飢寒不
辭悉爾犛之為已古者鑄鼎象物使知神姦若之姦
吾知之矣況旅吾之地由我進退蟄出以時無越昆
蟲之職無雜鬼神之事吾宮居若野處各有分齊故
不相害然斬翳通巔為暇日憑藉之所則不當與人
爭也如不用吾言吾當籲天霆擊斷裂首尾焉吾誠
不務無易爾為

祭梁鴻墓文　并序

梁伯鸞墓在吴西門金昌亭下幾一里，余過之，作文而弔，以酒爲奠。其辭曰：

先生爲五噫之歌，漢天子聞而病之。南走乎大江之波，客皋氏之宇下，志沉潛而靡他。自吴粲以舂，曰夫人之勤亦多。不懷志於將没，適乎道之無頗。比要離之烈魄，冢雖夷而不磨。嗟余後先生之千祀，聊奉奠而來過。俯灌地而仰語，顧先生之謂何？心褊性誕，客他人之宇下不得，故築垣而自翰；身病妻弱，自吴民之粲不得，故力耕而自獲。所以法先王之義者庶五

噫兮可作

哀茹筆工文

天巽之肱力何繇々耕不能耒漁不能船截筯束毫既勝且便晝夜今古惟毫是鏞爰有茹夫工之良者賁其精犕在價高下鈌齧乂互尚不能捨旬濡數鋒月亮一把編如蠶挐女加反說文云持也汝實助也我書奇渾云走襄惟汝是賴如何已而有兔千萬拔毛止皮散漉鈍鋩絣觚獄韓圓而不流銛而不歆在握方染亦英之為斷輪運斤傳之者諸毫健身殞吾寧不悲一本嗟作噫

散人歌

江湖散人天骨奇短髮攙來蓬半垂手提孤篁曳寒
蕭口誦太古滄浪詞詞云太古萬古民性甚野無
風斯夜棲止與禽獸雜獨自構架縱横枝因而號曰
有巢氏民共敬貴如君師當時只䝉爲鶴輩豈是有
意陳尊卑無端後聖穿鑿破一派前導千流隨多方
惱乱元氣死日使文字生姦欺聖人事業轉消耗尚
有漁者存熙熙風波不獨困一士凡百器具皆能樵
界跡巵萬鑪瓢脫止失檢馭無譏疵人間所謂好男
子我見婦女留鬚眉奴顏婢膝真乞丐反以正直爲
狂癡所以頭欹散不散弁㒲巍所以腰欲散不散踈

陸躡行散徑之適坐散從傾欹語散空谷應笑昔
容披衣散草複便食散酸醎宜書散渾眞草酒散甘
醇醉屋散勢斜直樹散行參差客散忘譽屢儲散虛
籠池外物一以散中心散何疑不共諸侯分邑里不
與天子專隍陴靜則守桑柘亂則逃妻兒金鏶貝帶
未嘗識白刃殺我窮生爲或聞著將負恩澤號令鐵
馬如風馳大君年小丞相少當軸自請都旌旗神鋒
毛出羽林仗繢畫日月蟠龍螭太宗基業甚牢固小
醜背叛當殲夷禁軍近自肅宗置抑遏輔國爭雄雌
必然大段剪勇究逆須召勁勇扶君麾四方賊壘猶占

跎死者暴骨生寒飢歸未輒擬荷鋤笠詬吏已貴祖
錢遲興師十萬一日費不啻千金何以支秪今剝口
且貧其斂何暇免首哀悼婪均荒補敗豈無術亦在方
冊撑頹隳冰霜襦袴易反掌白面諸郎殊不知江湖
散人悲古道悠悠幸寄羲皇家官家未議活蒼生拜
錫江湖散人號

五歌并序

古者歌詠言詩云我歌且謠傳曰勞者頌歌其事吾
言之拙歟不足稱詠且謠而歌其事者非吾而誰作
五歌以自釋意

放牛歌

江草秋窮似秋半十角吴牛放江岸隣肩抵尾作隈依橫去斜奔忽分散荒陂斷塹無端入背上時時孤鳥立日暮相將帶雨歸田家煙火微茫濕

水鳥歌

水鳥山禽雖異名天工各與雙翅翎雛巢吞啄即一例游處高卑殊不停則有觜鈹（普皮切）爪戟勁立直睎眷擊搏撓裂圖羶腥如此奇色於豪橫聳身往往凌青冥為人羅絆取材力當轔彩綬懸金鈴三驅不以鳥捕鳥矢下先得聞諸經超然可繼義勇後恰似有

智行天刑鷗鬥鷸散兩自遂意思不受人丁寧今朝
櫂倚寒江汀春鉏翡翠系鸂鶒孫翅側覘瞥濊没來
是即宵馴簷楹婦女衣襟便佞舌始得金籠日提挈
精神卓犖背人飛令抱蒹葭宿煙月我與時情大乖
刺舐是江禽有毛髮殷勤謝汝莫相猜歸來長短
同群活

丁隐君歌并序

隱居姓丁氏字翰之濟陽人也名飛學讀老子莊周書。生能鼓琴居錢塘龍泓洞之左右或曰憩館耳別業在深山中非得々行不可適到其下畜妻子事耕稼如常人余嘗南浮桐江途而詣龍泓憩館獲見綸巾布裘貌古而意澹好古文樂聞歌詩見待加厚因曰他時願為山中僕丁笑而不應問之年曰七十二當咸通丙午歲逮十四年矣雷平道士葛參寥話與翰之熟至今齒髮不衰氣力益壯跳躑導泉灌溉剗剔皆自執綆缶斤斸輩升高望遠不廢履平地時々書細字作文紀事皆有楷法意義、夜半山靜取琴彈之奏雖弄一二而已少聽寡言語與人相接禮簡而情至周旋累年未嘗有罷倦之色不惟疾病也非養生之效歟又不見有所服餌或問之對曰治心修身之外復有何物予始嘉其遯世又聞其老而益精又悦其治心脩身之説孔子所謂樂而壽者斯人也歟既樂而壽則仁智充乎其内充乎其内者非有德者歟有德而不耀於世者非隱君子歟乃作丁隱君歌以寄其聲云

華陽道士南遊歸手中半卷青蘿衣自言遭客持贈

我乃是錢塘丁翰之連江大抵多奇岫獨話君家寓
奇秀盤境天竺春筍肥琴倚洞庭秋石瘦草堂暗引
龍泓溜老樹根株若蹲鬭霜濃果熟未容收往〻兒
童雜猱狖余救切去歲猖狂有黄寇官軍解散無人鬭
灊城奔迸輪之間只把枯松塞圭竇前度相逢正賣
文一錢不直虛云〻今來利祚採樵客可以拋身糜
鹿群丁隱君丁隱君叩頭且莫變名氏即日更尋丁
隱君

紫溪翁歌 并序

紫溪翁過甫里先生舉酒相屬醉而歌曰

一其之木其栖深也屋吾容不厚一溪之石其居平
也席吾旁以息一竇之泉其音清也絲吾方在懸得
乎人得乎天吾不知所以然而然先生弁而賡之曰
採江之魚兮朝船有魴採江之蔬兮暮筐有蒲左圖
且書右琴與壺壽歟夭歟貴歟賤歟歌闋而去

鶴媒歌

偶繫漁舟汀樹枝因看射鳥令人悲盤空野鶴忽然
下背翳見媒心不疑媒閑靜立如無事清唳時々入
遙吹徘徊未忍過南塘且應同聲就同類梳翎宛若
相逢喜秪怕纔來又驚起窺鱗啄藻乍低昂立定當

習流一矢嶷灌舞躍勢離拔似諂功能邀擎兒雲飛
水宿各自物妬侶害群猶爾爲而况世間有名利外
頭笑語中猜忌君不見荒陂野鶴陷良媒同類同聲
貴可畏

慶封宅古井行 并序

春秋左氏傳云襄二十八年齊慶封亂而來奔既
而齊人來讓奔吳々句餘與之朱方聚族而居之
富於其舊後七年荊人使屈申圍朱方執慶封而
盡滅其族按圖經潤之城南一里則封所居之地
詢諸故老井尚有焉因覽其遺甃故歎之以志其

古寺荒園〻雜花君是非淡寒泉深百尺江南載白雲鮮
言此地曾爲愛封宅慶封嗜酒荒齊政齊人剪㓕封
奔逆雖過魯魯儒羞魯儒欲美吳吳民竊吳栖吳分岩邑
號朱方子家負固心彊梁澤車豪馬馳從水錫鳳玉
龍森若牆一朝雲夢霻兵至胥陷鋒鋩腦塗地国知
富德不富財顏氏簞瓢有深意宣父嘗違盜泉水懦
夫立事貪夫止今歌比并示吳人浙綆沉鉼自茲始

刈獲

自秋徂春天沸雨糜〻早稻纔遮畝芒粒稀踈槩更

輕地與禾頭不相從我來愁築心如堵更聽農夫夜深語凶年是物即為災百陣野凫千穴鼠平明抱杖入田中十穗蕭然九穗空敢言一歲因倉實不了如今朝暮春天職誰司下民籍苟有區區宜拚拚本作耕耘意若何舜豕兼葭食人食古者為邦須蓄積魯飢尚責如齊羅今之為政異當時一任流離恣徼索平生幸遇華陽客尚日飧霞轉肥白欲賣耕牛棄耒田移家直傍三茅宅

雨夜

屋小茅乾雨聲大自疑身著簑衣臥蕪似孤舟小竹

晚風吹折葉來相伴我有愁襟無可那纔成蕉夢[illegible]

驚破背壁殘燈不及螢重挑却向燈前坐

食魚

江南春旱魚無澤歲晏未曾腥鮮鬲今朝有客賣魲

魴手提見呼見我長於尺呼兒拳取紅蓮米輕星相

當加十倍且作吳羹助旱飧飽卧晴簷聽雲看横戈

貿羽正紛紛秖用驍雄不用文爭如曉夕謳吟樣好

伴滄洲白鳥群

唐甫里先生文集卷之十七終

唐甫里先生文集卷之十八

笠澤陸龜蒙字魯望

雜著

兩觀銘

兩觀雉門雖偺天子聖人在朝姦佞誅死姦首擲地姦血如水政不得亂國是以理下及千祀澆風四起内荏外賢舉世稱羨赫奕皇都象魏天倚豈無姦邪佩玉蘂々聖人弗生兩觀如砥以石鑱辭著于闕里

卜肆銘

蜀嚴之託蓍龜也以忠孝仁義後來之託蓍龜也以

媮佞險詖美之使怡愉怛之使駭畏小人惟惡是嗜惟禍是避惟福是覬惟蠱是媚曾不究得失之所自故幽贊之蓍前列之龜乃化爲庸妄之器嗚呼成都吾不知古爲市之地况君平之卜肆耶然爲之銘以刻其意

陋巷銘

魯國千乘豈無康逵傳載陋巷以顏居之鄙委側僻樞桑蘿茨簞瓢屢空其樂怡怡聖人之言終日不違易簀獨入云顏㢈幾門直道大堂如翬飛梁肉在御狼貪豕肥陋巷相去不其遠而哉豐貫狂猶逢葛所宜

勒于柴荊賢哉是宜

馬當山銘

言天下之險者在山曰太行在水曰呂梁合二險而為一吾又聞乎馬當彼之為險也屹于大江之旁湍石憑怒跳波發狂日黷風號摧牙折檣血和蛟涎骨橫魚吭幸而脫死神魂飛揚殊不知堅輪蹄者夷于太行仗忠信者通于呂梁便舟檝者行于馬當合是三險而為一未敵小人方寸之包藏外若脂韋中如劍鋩蹈藉必死鈎擊必傷在古已極於今益昌敢篆岩石俾民勿忘

書銘

太古之時何嘗有欺逮乎結繩民始相疑畫卦造書

聖人之爲圖載文字厥功弗知惟簡惟牘斷竹析木

累必充庭負必折軸常編一絶錯乱名目屢務輕去声

省擣枲剥穀膠綴番々恣其所便蟲篆更隸形摸易

宣上下今古卷舒蟬聯薰㬎蠹蠧疵乎不堅又取珉

石篆琢雕鐫由箇牘下其存四邉璽印章號殷勤識

音志焉其巧益甚其詭益繁盟契質要朝成夕反平声詛

誓制令尾遠首言戕檄奏報離方就圓傳録注記醜

讐音羙憐銘誄碑表虚功妄賢歌詩賦頌多思諂權在

簡牘者埋没爛壞無遺一編副以泉穀其留家延繇戾顛倒龍蒙弗删在珷石者固寵紈路惟辭是妍鑱鑿既畢名譬泯然堯舜之道以人為傳有死必繼流乎億年亘斤詐偽焚燒弃捐後以太古結繩之前

漢三高士贊

前漢一人

王霸仲儒清節是理有息躬耕黄頭歷齒故人令狐奉書遣子從以車徒入耀閭里既往霸卧日昃不起其妻訊之以息媿恥君遁世榮抗節不仕子覩来耜固其宜矣我實信道曷足慚彼霸乃忻然恬淡如水

夫高婦賢可謂具美

後漢二人

摯先生恂伯陵之孫李通五經居于渭濱弟子累百
馬融服勤以子妻之師而益親融爲大儒恂乃知人
和帝之世公卿以聞李直才器宜當輔臣公車就徵
禮備玄纁守道不至終爲逸民
外黄申屠少負名節義女報仇令欲論殺蟠以同縣
陳情上讞廷尉宥之旌彼孝烈博通群書復善談說
漢衰政荒時賓慕采隱于碭山遂與世絶獻帝即位
徵爲三公蟠若不應冥冥一鳴時人之重賢者蔡邕

明哲終始嗟乎子龍

恠松圖贊 并序

有道人自天台來示予恠松圖披之甚駭人目根盤于巖穴之内輪囷偪側而上身大數圍而高不四五尺礧（音罪）硊（力可切）然蹙縮然軨不暇枝（个）不暇葉有若龍攣虎跛壯士囚縛之狀道人曰是何物恠之如是耶子能辯之乎予曰草木之生妄足恠耶苟肥瘠得於中寒暑均於外不爲物所凌折未有不挺而茂者也矧松栢乎今不幸出於岩穴之内脞脆者則礙然其牙伏死其下矣何自奮之

能為是松也雖稚氣初拆而正性不厚及其壯也力與石鬬乘陽之感悲已之軋拔而將昇卒不勝其壓擁勇鬱遏坌憤激訐然後大醜彰於形質天下指之為怪木吁豈異人乎哉天之賦才之盛者早不得用於世則伏而不舒薰蒸沈酣日進其道權擠勢奪卒不勝其阨讒呼嘂拏發越赴訴然後大奇出於文彩天下指之為恠民嗚呼末病而後恠不恠不能圖其貞文病而後奇不奇不能駭於俗非始不幸而終幸者耶道人曰然為我贊之贊曰松生陰隘巖欿穴城病乎不快卒以為恠擁腫支離

神羞鬼疑道人嗟咨援筆傳奇或怪其形或奇于[illegible]目爲怪魅是以贊之

野廟碑 并詩

碑者悲也古者懸而窆用木後人書之以表其功德因留之不忍去碑之名由是而得自秦漢以降生而有功德政事者亦碑之而又易之以石失其稱矣余之碑野廟也非有政事功德可紀述悲夫甿竭其力以奉無名之土木而已矣甌越間好事鬼山椒水濱多淫祀其廟貌有雄而毅黝而碩者則曰將軍有溫而愿晳而少者則曰某郎有媼而尊嚴者則曰姥有

婦而容豔者則曰姑其居處則敞之以庭堂峻之以陛級左右老木攢植森拱蘿蔦翳于上梟鴞室其間車馬徒隸叢雜怪狀甿作之甿怖之大者椎牛次者擊豕小不下雞犬魚菽之薦牲酒之奠缺於家可也缺於神不可也一日懈怠禍亦隨作耄孺畜牧慄慄然疾病死喪甿不曰適丁其時耶而自惑其生悉歸之於神雖然若以古言之則戾以今言之則庶乎神之不足過也何者豈不以生能禦大災扞大患其死也則血食於生人無名之土木不當與禦災扞患者為比是戾於古也明矣今之雄毅而碩者有之溫愿而

以者有之升階級坐堂筵耳絃匏口粱肉載車馬擁徒隸者皆是也鮮氏之懸清民之唱未嘗怵于胸中民之當奉者一日解怠則發悍受肆溪刑毆之以就事較神之禍福孰爲輕重哉平居無事指爲賢良一旦有大夫之憂當邦國之日則佪撓脆怯顛躓竄踣乞爲囚虜之不暇此乃纓弁言語之土木又何責其責土木耶故曰以今言之則廢乎神之不足過也既而爲詩以紀其末

土木其形竊吾民之酒牲固無以名土木其智竊吾君之祿位如何可儀祿位傾々酒牲甚微神之饗也

孰云其非視吾之碑知斯文之孔悲

祀竈解

竈之壞者請新之既成又請擇吉日以祀之曰竈在祀典聞之舊矣祭法曰王爲群姓立七祀其一曰竈達于庶人庶士立一祀或立户或立竈飲食之事先自火化以來生民賴之祀之可也說者曰其神居人閒伺察小過作譴告者又曰竈鬼以時録人功過上白於天當祀之以祈福祥此僅出漢武帝時方士之言耳行之感也苟行君子之道養老而慈幼寒同而飽均喪有哀祭有敬不忘禮以約己不忘樂以和心

室闇不欺屋漏不愧雖然不一祀竈其誑我乎苟為小人之道盡反君子之行丈子兄弟夫婦人執一爨以自糊口專利以飾詐崇姦而樹非雖一歲百祀竈其私我乎天至高竈至下帝至尊嚴鬼至幽及果能欺而告之是不忠也聽而受之是不明也下不忠上不明又果何以為天帝乎

大儒評

世以孟軻氏荀卿子為大儒觀其書不悖孔子之道非儒而何然李斯嘗學於荀卿入秦干始皇帝并天下用為左丞相一旦誘諸生聚而抗之後下禁曰天

下敢有藏百家語詣守尉燒之偶語詩書者棄市昔
孔子之於弟子也自仲由冉求巳下皆言其可使之
才及其仁則曰不知也斯聞孔子之道於荀卿位至
丞相是行其道得其志者也反焚滅詩書坑殺儒士
爲不仁也甚矣不知不仁孰謂况賢知而傳之以道
是昧觀聽也雖斯具五刑而荀卿得稱大儒乎吾以
爲不如孟軻

書李賀小傳後

玉溪生傳李賀字長吉常時旦日出遊從小奚奴騎
距驉背一古破錦囊遇有所得即書投囊中暮歸足

成其文予為兒童時任溧陽聞白頭書佐言孟東野貞元中以前秀才家貧受溧陽尉溧陽昔為平陵縣南五里有投金瀨瀨南八里許道東有故平陵城周千餘步基址坡陀裁高三四尺而草木勢甚盛率多大櫟合抱叢篠蒙翳如塢如洞地窪下積水沮洳深處可活魚鼈輩大抵幽邃岑寂氣候古澹可嘉除里民樵罩外無入者東野得之忘歸或比日或間日乘驢領小吏徑驀投金渚一往至則蔭大櫟隱叢篠坐于積水之傍苦唫到日西而還爾後衮衮去曹務多弛廢令季操卞急不佳東野之為立白上府請

以假尉代東野分其俸以給之東野竟以窮去吾聞淫畋漁者謂之暴天物天物既不可暴又可抉摘刻削露其情狀乎使自萌卵至于槁死不得隱伏天能不致罰耶長吉夭東野窮玉溪生官不挂朝籍而死正坐是哉正坐是哉

復友生論文書

辱示延年作者論文書二篇使僕是非得失於其間僕雖極頑冥亦知惴息汗下見詆訶之甚與掊禍患之甚易也況僕少不攻文章止讀古聖人書誦其言思行其道而未得者也每涵咀義味獨坐日昃案上

有一盃藜羹如五鼎七牢饋於左右加之以擅金石
萬羽籥也夫嘗干有司對問々品第奏營壓王公丐
貸飾車馬故無用文處江湖間不過美裒言則記之
貸節饌則傳之銘離會則序之值巾墨則銘之簡散
赴上澹誕無所諱避又安知文之是歟非歟生過聽徒
我太甚苟默々不應非朋友切々偲々之義也故挟
病把筆一二論之曰我自小讀六經孟軻揚雄之書
頗有熟者求文之指趣規矩無出於此及子史則曰
子近經々語古而微史近書々語直而淺所言子近
經近何經史近書近何書々則記言之史也史近春

秋春秋則記事之史也六籍中獨詩書易象與魯春
秋經聖人之手耳禮樂二記雖載聖人之法述出二
戴未能通一純實故時有齟齬不安者蓋漢代諸儒
爭撰而獻之求購金耳記言記事參錯前後曰經曰
史未可定其體也第經解則悉謂之經區而別之則
詩易為經書與春秋實史耳學者不當混而言之且
經解之篇句名出於戴聖耳王輔嗣因之以易為經
杜元凱因之以春秋為經孔子曰學詩乎學禮乎易
之為書也原始要終知我以春秋罪我以春秋未嘗
稱經稱經非聖人旨也蓋出於周公謚法經緯天地

曰文故也亦經書必有緯書聖人既作經亦當作緯
譬猶織也經而不緯可成幅乎緯者且非聖人之言
則經亦後人名之耳非聖人之旨明矣苟以六籍謂
之經習而稱之可也指司馬遷班固之書謂之史何
不思之甚乎六籍之內有經有史何必下及子長孟
堅然後謂之史乎孔子曰吾猶及史之闕文也又曰
質勝文則野文勝質則史又曰董狐古之良史也此
則筆之曲直體之是非聖人悉論而辯之矣豈須班
馬而後言史哉以詩易為經以書春秋為史足矣無
待於外也謂經語古而皆微則易曰履霜堅氷至初

筮告再三瀆〻則不告苦節不可貞之類果純吉而
微乎謂史語直而淺則春秋書考仲子之宮初獻六
羽及齊師戰于乾時我師敗績辛巳有事于太廟仲
子遂卒于垂壬午猶繹萬入去籥之類果純直而淺
乎經不純微史不純淺又可見也文之不可泛論則
曰春秋不當言無使滋蔓又云春秋舉軍旅會盟豈
非敘事耶引左氏傳語徵左氏敘事悉謂之春秋可
乎春秋大典也舉凡例而褒貶之非周公之法所及
者酌在夫子之心故游夏不能措一辭若區〻於敘
事羽翼魯國之史官耳孰謂之春秋哉前所謂自小讀

六經須有熟者於文之旨趣規矩不出於此矣文一篇云某文也某辭也文既與辭異是文優而辭劣耳易之繫辭曰齊大小者存乎卦辯吉凶者存乎辭故卦有大小辭有險易文曰觀其彖辭則思過半矣易之辭非文耶書載帝庸作歌臯陶賡歌又歌五子之歌皆辭也書之辭非文耶屬辭比事春秋教也春秋之辭非文耶禮有朝聘之辭娶夫人之辭樂有登歌薦之辭禮樂之辭非文耶法言曰揚墨塞路孟子辭而闢之廓如也孟軻之辭非文耶太玄之辭也沈以窮乎下浮以際乎上揚雄之辭非文耶是知文者

辭之總辞者文之兄天之將喪斯文也天之未喪斯文也不當稱辭古人之辭多不當稱文文辭一也但所適有宜耳何異塗云之哉文曰聲病之辞非文也夫聲成文謂之音五音克諧然後中律度故舜典曰詩言志歌永言聲依永律和聲々之不和病也去其病則和々則動天地感鬼神亥不得謂之文乎猶繪事組繡中有精粗耳大凡解人之說不敢避墉垣膚瓜而自務於堂奥心腑也要在引李者當知之事以明之而已矣師道不行後生多泥於所習有陷而溺者力能援之可也如或不同請觀過而後罰之

十八卷之終

唐甫里先生文集卷之十九

笠澤陸龜蒙字魯望

雜著

象耕鳥耘辯

世謂舜之在下也田于歷山象爲之耕鳥爲之耘聖德感召也如是余曰斯異術也何聖德歟孔子叙書於舜曰濬哲文明聖德止於是而足矣何感召之云云乎然象耕鳥耘之說吾得於農家請試辯之吾觀耕者行端而徐起墢欲深獸之形魁者無出於象行必端履必深法其端深故曰象耕耘者去莠舉手務

疾而畏晚鳥之啄食務疾而畏奪法其疾畏故曰鳥耘試禹之績大成而後薦之於天其爲端且深非得於象耕乎去四凶恐害於政其爲疾且畏非得於鳥耘乎不然則雷澤之漁河濱之陶一無感名何也豈聖德有待而不悳耶孟子曰堯舜與人同耳而好事者張以就其恠恠非聖人之意也吾病其書之異端畋之徒合於遺人其從我乎雖不從吾亦不能變其說

寒泉子對秦惠王

寒泉子秦之處士對秦惠王曰客有自趙來以約從連者

趙即封蘇季子爲武安君大國果振秦〻閑關十五年

耒耜經并序

耒耜者古聖人之作也自乃粒以來至于今生民賴之有天下國家者去此無有也飽食安坐曾不求命稱之義非揚子所謂如禽者耶余在田野間一日呼耕甿就布數其目恍若登農皇之庭受播種之法淳風泠〻聳豎毛髮然後知聖人之旨趣朴乎其深哉孔子謂吾不如老農信也因書爲耒耜經以備遺忘且無愧於食

經曰耒耜農書之言也民之習通謂之犂冶金而爲
之者曰犂鏡（本作鑱）曰犂壁斲木而爲之者曰犂底曰
壓鑱曰策額曰犂箭曰犂轅曰犂梢曰犂評（去聲）曰犂
建曰犂槃木與金凡十有一事耕之土曰墢墢猶塊
也起其墢者鑱也覆其墢者壁也草之生必布于墢
不覆之則無以絕其本根故鑱引而居下壁偃而居
上鑱表上利壁形下圓負鑱者曰底底初實于鑱中
工謂之鱉肉底之次曰壓鑱背有二孔係于壓鑱之
兩旁鑱之次曰策額言其可以扞其壁也皆貤然相
戴自策額達于犂底縱而貫之曰箭前如桯而樛者

曰轅後如梢而喬者曰梢轅有越加箭可弛張焉轅之上又有如槽形亦如箭焉刻為級前高而後庳所以進退曰評進之則箭下入土也淺以其上下類激射故曰箭以其淺深類可否故曰評〻之上曲而衡之者曰建〻捷也所以柅其轅與評無是則二物躍而出箭不能止橫於轅之前末曰槃言可轉也左右繫以樫乎軛也轅之後末曰梢中在手所以執耕者也轅車之胷梢取舟之尾止乎此乎鑱長一尺四寸廣六寸壁廣長皆尺微橢音墮底長四尺廣四寸評底過壓鑱二尺策減壓鑱四寸廣狹與底同箭高三尺評尺有三寸槃

增評凡七焉建惟耨絶轅脩九尺梢得其半轅至梢中間掩四尺犂之終始丈有二耕而後有爬（去）渠疏之義也散墢去芟者焉爬而後有礰（呼掿）礋（宅）焉有磟碡（音毒鹿）焉自爬至礰礋皆有齒磟碡觚稜而已咸以木為之堅而重者良江東之田器盡於䢊耒耜經終焉

治家子言

武王既勝殷懸紂首有法於白旗之下者有司責之其人曰吾治家孫也數十年間載易其鎔範矣今又將易之不知其所業故泣吾祖始鑄田器歲東作必

大售殷賦重秉耒耜者一㕘不敢起吾父易之爲工器釁宮室臺榭修其售益倍民竭力窮土木中轂吾易之以爲兵器會諸侯伐殷師旅戰陣與其售又倍前也今周用鉞斬獨夫四海將奉文理吾之業必壞吾亡無日矣武王聞之懼於是包干戈勸農畫冶家子復祖之舊

招野龍對

昔豢龍氏求龍之嗜慾幸而中焉得二龍而飲食之龍之於人固類異以其若已之性也席其宮沼百川四溟之不足游甘其飲食洪流大鯨之不足味施〻

然攫於其愛弗去一旦值野龍奮然而抱之曰爾奚爲者茫洋乎天地之間寒而蟄暘而昇能無勞乎誠從吾居而宴安乎野龍矯首而笑之曰若何歔々乎如是耶賦吾之形冠角而被鱗賦吾之德泉潛而天飛賦吾之靈噓雲而乘風賦吾之職抑驕而澤枯觀乎無極之外息乎大荒之墟窮端倪而盡变化其樂不至耶今爾苟容於蹄涔之間惟沙泥之是拘惟蛭螾之與徒牽乎嗜好以希飲食之餘是同吾之形異吾之樂者也狎於人啗其利者拒其喉截其肉可以立待吾方哀而援之以手又何誘吾納之陷穽耶爾

不免矣野龍行未幾果爲夏后氏之醢

說鳳尾諾

或問予曰鳳尾諾爲何等物圖耶畫耶對曰予之所聞自晉訖於梁陳已來藩邸之書也凡封子弟爲王則開府辟僚屬取當時士有學行才藻者中選其所下書東宮則曰令上書則曰牋諸王下書則曰教上書則曰啓應和文章則曰應令應教下其制一等故也其事行則曰諾猶漢天子肯臣下之奏曰可也鳳尾則所諾識之文也綷縩然𦆰褷然織與繪莫能知既肯其行也有褒異之辭若今之批荅案晉元帝

為瑯琊王時帝美其才令通習外事嘗使批鳳尾諾南齊江夏王鋒降高帝第十二子甚憐之年五歲使學鳳尾諾下筆便工帝大悅以玉麒麟賜之餘未見其幽鳳尾牋當蕃薄纏輕其制作精妙靡麗而非牢固者也殆將五百年必不能保而存之好事者或云識趙昔妄矣且傳云仲尼在魯與陳有問缶羊楛矢者皆知之及修春秋則遠者略近者詳故曰丘於定哀而指隱桓之日遠矣蓋聖人作大典不可不慎則前所傳亦妄矣予學聖人之文者求其誠而已矣又安可訴別數百年前事自以為賢哉君子慎所傳無易

禽暴志

冬十月予視獲于甫里早苗離離半無以攟夏傷吾懐夜不能寐往往聲類暴雨而疾至者一夕凡數四明日訊其甿曰鳧鷖也其曹蔽天而下蓋田所留之禾必竭穗而後去曰得無弋羅者捕而耗之耶對曰江之南不能弋羅常藥而得之擗㯠(上笓下西)塗枝葉植于陂一中十萬膠而不飛是藥也出於長沙豫章之涯行賈貨錯歲售於射鳥兒盜興已來棠衝塞江其誰敢商是藥既絕羣鳧恣翔幸不老手口腹反侵人之稻糧予曰嘻夫敺之民化而為盜閔梁急征商不

得行使江湖小魚亦肆其暴以害民食古聖人敺害物之民出乎四裔别害民之物乎俾生靈死乎飢吾不知安用馭者爲

蟹志

蟹水族之微者其為蟲也有籍見於禮經載於國語楊雄太玄辭晉春秋勸學等篇考於易象為介類與龜與鼈剛其外者皆乾之屬也周公所謂旁行者歟參於藥録食䟽蔓延乎小説其智則未聞也惟左氏絶其為災子雲譏其躁以為郭索後蚓而已蟹始窟穴於沮洳中秋冬交必大出江東人云稻之登也率

執一穗以朝其魁然後從其所之蚤夜觱沸指江而奔湊者緯蕭承其流而障之曰蠏斷徒斷短其江之道焉爾然後扳援越軼遯而去者十六七既入于江則形質寖大扵舊自江復趨于海如江之狀漁者又斷而求之其越軼遯去者又加多焉既入于海形質益大海人亦異其稱謂矣嗚呼穗而朝其魁不近扵義耶捨沮洳而之江海自微而務著不近扵智耶今之學者始得百家小說而不知孟軻荀揚氏之道或知之又不汲汲扵聖人之言求大中之要何也百家小說沮洳也孟軻荀楊氏聖人之瀆也六籍者聖人

之海也苟不能捨沮洳而求瀆由瀆以至于海是人之智反出於水蟲下能不悲夫吾是以志其蟹

記稻鼠

乾符己亥歲震澤之東曰吳興自三月不雨至于七月當時汙坳沮洳者埃壒塵勃濯檝支派者入屝屨無所汙農民轉遠流漸（平聲）稻本晝夜如乳赤子欠々然救渴不暇僅得葩拆穗結十無一二焉無何群鼠夜出齧而僵之信宿食殆盡雖廬守版擊毆而駭之不能勝若官督戶責不食者有刑當是而賦索愈急棘械束榜箠木肌體者無壯老吾聞之於禮曰迎貓

爲食田鼠也是禮鈌而不行久矣田[illegible]之盜[illegible]有時而暴歟政有貪而廢歟國語曰吳稻蟹不遺種豈吳之土鼠與蟹更伺其事而效其蠈其民歟且魏風以碩鼠刺重斂斥其君也有鼠之名無鼠之實詩人猶曰逝將去汝適彼樂土况乎上掊其財而下啗其食率一民而當二鼠不流浪轉徙聚而爲盜何哉春秋螽螟生大有年皆書是聖人於豊凶不隱之驗也余學春秋又親蒙其災於是乎記

記錦裾 一作裙

侍御史趙郡李君好事之士也因予語上元瓦棺寺

有陳後主羊車一輪天后武氏羅裙佛旛皆組繡奇妙李君乃出古錦裙一條示余幅長四尺下廣上狹下闊六寸上減下三寸半背周尺如直其前則左有鶴二十勢若飛起率曲折一脛口中銜莩蘤輩右有一鸚鵡聳肩舒毛數與鶴相等二禽大小不類而又以花卉均布無餘地界道四向五色間雜道上累細鈿點綴其中微雲瓔結互以相帶有若駮霞殘虹流烟墮霧春草夾逕遠山截空壞墻古苔石泓秋水印丹漫（上聲）漏蘂粉塗染豔縆（公曾切急也亟疾也或作桓）環珮雲隱涯岸濃淡霏拂靄抑冥密始如不可辯別及諦視之條段

斬絕分畫一〻有去處非繡非繪緝織柔美又不可
狀也裏有繪縷下制綫尚仍舊兩旁皆解散蓋將滅
零落僅存此故耳縱非齊梁物亦不下三百年矣昔
時之工如此妙耶曳其裾者復何人爲因筆之爲辭
繼于錦裾之後俾善詩者賦之

蠹化

橘之蠹大如小指首負特角身蹙〻然類蝤蠐而青
翳葉仰齧如飢蠶之速不相上下人或棖觸之輒奮
角而怒氣色桀驁一旦視之凝然弗食弗動明日復
往則蛻爲蝴蝶矣力〻拘〻其翅未舒襜黑韡蒼兮

朱附黃蔽墳而楯皇縷纖且長如醉方寤附枝不揚又明日往則倚薄風露攀緣草樹聳空翅輕瞥然而去或隱蕙隙或留篁端翩獲軒廬颺曳粉拂甚可愛也須臾化螢綱而膠之引縲環纏牢若桎梏人雖甚怜不可解而縱矣噫耆其外類有文也嘿其中類有德也不朋而游類絜也無嗜而食類廉也向使前不知爲橘之蠹後不見蠲螢之綱人謂之鈎天帝居而來今復還矣天下大矯也名位大羽化也封略大蕙篁也苟滅德忘公崇浮飾傲榮其外而枯其內害未本而窒其源得不爲大螢細而膠之手觀吾之蠹化

者可以惕惕

雜說五首

先儒曰瞽瞍憎舜使塗廩浚井酖于觴酒欲從而殺之舜謀於二女二女教之以鳥工龍工藥浴注豕而后免矣夫勢之重壯夫不能不畏位之尊聖人不得不敬況舜婿于天子頑嚚嫚戾者獨不畏之又從而殺之耶且堯之妻二女帥九子觀舜之德舜反受教於女子其術怪且如是是不教人以孝道教人以術免也故堯使易之非觀德也何足以天下付

郎僕妾女之生子也始棄之命之曰棄宗苟司徒之

生女也始棄之亦命之曰棄郎棄爲稷官烝民頼之
宗棄美而坐佐幾務於宗國名之同也奚傷舜重瞳
子項羽亦重瞳子形之類也奚病擇其道如何耳
季札以樂卜道孟子以詩卜襄仲歸父以言語卜子
游子夏以威儀卜洮尹戍以政卜孔成子以禮卜其
應也如響無他圖在精誠而已不精誠者不能自卜
況吉凶他人乎

傳曰武王罷朝而襪繫絶顧左右無可使結者衛諸
師呼聲子結襪而登席漢廷尉爲王生結襪今之有
帶其來尚矣今獨亡之嗚呼古之制亡者十九矣襪

帶之足云抑下惪之妻誄其夫門人不能竄一字呂不韋作春秋秦人不敢損一字德與刑如何哉

唐甫里先生文集卷之十九終

唐甫里先生陸龜蒙傳二十卷附録

陸龜蒙字魯望元方七世孫也父賓虞以文歷侍御史龜蒙少高放通六經大義尤明春秋舉進士一不中往從湖州刺史張摶歷湖蘇二州辟以自佐嘗至饒州三日無所詣刺史蔡京率官屬就見之龜蒙不樂拂衣去居松江甫里多所論撰雖幽憂疾痛貲無十日計不少輟也文成竄藁篋中或歷年不省爲好事者盜去得書熟誦乃録讐比勤々朱黄不去手所藏雖少其精皆可傳借人書篇秩壞舛必爲輯褫刊正樂聞人學講論不倦有田數百畝屋三十楹田苦

下瀨則與江通故常苦飢身畚鍤蓑刺無休時或
譏其勞咨曰堯舜黴瘠禹胼胝彼聖人也吾一褐衣
敢不勤乎嗜茶置園顧渚山下歲取租茶自判品第
張又新爲水説七種其二慧山泉三虎丘井六松江
人助其好者雖百里爲致之初嗜酒尋棄乃已其後
客至絜壺置杯不復飲不喜與流俗交雖造門不肯
見不乘馬升舟設蓬席齎束書茶竈筆牀釣具往來
時謂江湖散人或號天隨子甫里先生　比涪翁漁
父江上丈人後以高士召不　尉盧擕素與善及
當國名拜左拾遺詔方下龜蒙卒光化中韋莊表龜

蒙及孟郊等十人皆贈右補闕陸氏在姑蘇其門有巨石遠祖績嘗仕吳為鬱林太守罷歸無裝舟輕不可越海取石為重人稱其廉號鬱林石世保其居云

出唐書

甫里陸先生文集序

唐賢陸龜蒙字魯望三吳人也幼而聰悟通六籍尤長於春秋常體江謝賦事名振江右與顏蕘皮日休羅隱吳融為友性高潔家貧親老屈與張摶為湖蘇二郡佐嘗至饒州三月無所詣刺史率官屬就見之龜蒙不樂拂衣去居松江甫里多所論譔著吳興實

録四十卷松陵集十卷笠澤叢書八十餘篇自謂江湖散人或號天隨子甫里先生唐末以左拾遺授之詔下日疾終贈右補闕　本朝宋景文公重脩唐書仍列於隱逸傳今蜀中惟松陵集盛行笠澤叢書未有是書家藏久矣愚謂貯之篋笥以私一人之觀覽不若鏤板而傳諸好事庶斯文之不墜而魯望之名後振亦儒者之用心也時聖宋元符庚辰歲仲秋月郢人樊開題

後序

進退取捨君子之大節惟循於道而不悖然後無

於聖人之門非明輕重之理知好惡之正者未有不爲物所勝也天隨子居衰乱之世仕不苟合家于松江躬勞苦甘淡薄而以讀書考古為事所養者厚故其為文氣完而志直言辯而意深一歸於尊君愛民崇善沮惡茲非所謂循於道而不悖者邪世所傳叢書多舛謬袞既至是邑想其遺風因求善本校證刋之于板俾覽者非獨玩其辭而已矣於其志節將有取焉政和改元季夏四日毗陵朱袞記

二游詩序　皮日休

吳之士有前王府參軍徐修矩者守世書萬卷優游

自適余假其書數千卷未一年悉償夙志酣飲經史或日晏忘飲食次有前涇縣尉任聘者其居有深林曲沼危亭幽砌余並次以見之或退公之暇必造以息焉林泉隱事恣用研詠大凡游於二君宅無浹旬之間因作詩以留贈目之曰二游兼寄陸魯望

五貺詩序　皮日休

毗陵處士魏君不琢氣真而志放居毗陵凡二紀閉門窮學是乎里民不得以師之非乎里民不得以訾之用之不難推利之被人也捨之不難退辱非及己也噫古君子處乎進退而全者由此道乎伯夷之隘

惠之不恭不能造于是也江南秋風時鱸肥而難釣菰脆而易挽不過乘短艄（方言曰艄短而深者謂之艄音步）載一甂酒加以隱具由五瀉涇入震澤穿松陵抵杭越耳日休嘗聞道於不琢敢不求雅物成雅思乎於是買釣艄一脩二丈闊三尺施篷以庇烟雨謂之五瀉舟天台杖一色黳而力遒謂之華頂杖有龜頭山疊石硯一高不二寸其仞數百謂之太湖硯有桐廬養和一𣏌形拳跼坐若變去謂之烏龍養和有南海鸞魚殼樽一澁鋒齾角內玄外黃謂之訶陵樽皆寄于不琢行以

資雲水之興止以遜琴籍之現貞古人之雅覧也因思秉幕之義不過于詞遂為五篇目之曰五題兼請魯望同作

過張祐丹陽故居序　顧萱

萱與故張處士祜世家通舊尚憶孩稚之歲與伯氏嘗承處士撫抱之仁目管軺為神童期孔融於偉器光陰徂謝二紀于茲適經其故居已易他主訪遺孤之所止則距故居之右二十餘步荆榛之下華門洛爲處士有四男一女男曰椿兒桂子椅兒杞兒闇之三巳物故唯杞為遺孕與其女尚存欲揖杞與言則

又求食於汝墳矣但有霜鬢而黃冠者杖策迎門乃昔時愛姬崔氏也與之話舊歷然可聽嗟乎葛帔練裙兼非所有琴書圖籍盡屬他人又云横塘之西有故田數百畝力既貧窶十年不耕唯歲賦萬錢求免無所嗚呼昔為摻生置醴鄭公立鄉者復何人哉因吟五十六字以聞好事者

三高祠記

乾道三年二月吳江縣新作三高祠成三高者越上將軍姓范氏是為鴟夷子皮晉大司馬東曹掾姓張氏是為江東步兵唐右補闕姓陸氏是為甫里先生

三君生不並世鴟夷子皮又嘗一霸人之國功大名
顯而去之季鷹魯望蕭然臞儒使有為於當年其所
成就固不可踰度要皆以得道見微脫屣天刑清風
峻節相望於松江太湖之上故天下同高之而邑人
獨私得奉嘗以夸於四方曰此吾東家丘云爾見大
夫趙伯虛以故祠偪陋將改作鄉老王份獻其地雪一
灘乃築堂於上告遷而奠焉且屬石湖范成大為之
辞噫不有君子其能國乎今乃自放寂寞之濱掉頭
而弗顧人又從而以為高此豈盛際之所願哉後之
人高三君之風而跡其所以去為世道計者可以懼

矣至於豪傑之士或肆志乎軒冕宴安留連萃悴於後者亦將有感於斯豈而成大何足以述之然屈平既從彭咸而桂叢之猶招隱士疑若幽處林薄不死而遷況如三君蟬蛻溷濁得全於天者嘗試倚楹而望水光浮空雲日下上風飄煙蓬飄忽晦明意必往來其間成大亦何足以見之姑效小山作歌三章以招焉遂從而歌之曰若有人兮扁舟撫湖海兮遠游衆芳媢兮高丘忽獨君兮不可留長風積兮浪波白蕩搖空明兮南極一色鏡萬里兮鞭魚龍列星斗々兮其下孤蓬眇顧懷兮斯路與凉月兮入滄浦戰爭

蝸角兮昨夢一笑水雲得意兮垂虹可以檥櫂僊之人兮壽無期樂哉垂虹兮去復來載歌曰若有人兮橫大江秋風起兮歸故鄉鴻冥飛兮白鷗舞吴波鱗々兮而在下嗟人胡爲兮天地四方美無度兮吾之土膾脩鱸兮霅霏登蒓蓴兮芼之水僊繽兮胥命君可望兮不可追頫倒景兮揮碧寥娭宴息兮江之皐蒹蘋堂兮靡杜若一杯之酒兮我爲君酌又歌曰若有人兮北江之渚披雲而睎兮類煙雨菊薄兮杞棘歲晚兮何以續君食偭五鼎兮腥腐羞三泉兮終古千秋風露兮歸來故墟月明無人兮蒼石與語牛宫

游兮坐蕭荷湖西東兮下田一陂訪南涇兮鄰曲山川良是兮丘壠多稼九畹兮今其卯聊春容兮數里是歲六月既望書遺邑人使習以侑祠伯虛請遂以為記淳熙六年八月邑長陳肅增葺祠亭重刻石

楊文公談苑

唐陸龜蒙善為賦絶妙人有設得賦材皆綴緝屬對差次比擬凡數首有題而未就蓋其構思用工之非淺相傳龜蒙多智數狡獪居笠澤有內養自長安使杭州舟出舍下小童奴以小舟驅群鴨出內養彈其一綠頭雄鴨折頸龜蒙遽從舍出大呼云此綠鴨有

吳善人言適將獻狀本州貢天子今持此死鴨以詣官自言耳內養少長宮禁不知外事信然甚驚駭厚以金帛遣之龜蒙乃止因徐問龜蒙曰此鴨何言龜蒙曰常自呼其名巧捷多類此

茵嘗觀其傳誦其文矣龜蒙字魯望居甫里著吳興實錄四十卷松陵集十卷笠澤叢書四集以高士召不至躬自畚鍤品茶評水不與流俗交升舟則篷席束書筆床釣具往來江湖間謂江湖散或號天隨子甫里先生自比涪翁漁父江上丈人積風素節凜々千古因竊歎先所傳之過况茵所居

視甫里無一舍遠其地荒僻眇在松江之東去一
程猶有數十里使者無由過之自武宗暨懿宗凡
六十三載未審遣內養使杭州搜之地理考之唐
紀信其為誣豈談苑別有所據云
甫里先生吾邦先賢也出處大節已見本傳獨
著述散漫未有善本今傳于世者笠澤叢書松陵集
以篇計之僅四百八十一箇居其鄉誦其文且和其
絕句百八十餘首遂於文籍中裒集得一百七十一
篇合叢書松陵集計六百五十二篇凡可助此書以
流行者聚于卷末名曰附錄總為二十卷刋寘義莊

以廣觀覽其間字畫疑者存之舛訛者是正之文有遺逸者行且增補之庶可酬　先生泉下之望亦可見茵景慕　先哲之意云

寶祐五年閏月　日葉　茵　謹識

唐甫里先生文集卷之二十終 附錄

春重刊甫里先生文集成徵翰林諭德陸君鼎儀序之矣而胡文恭公所撰碑文附錄失載謹考錄附刊庶後學於先生之德行文學於是乎備見焉崑山嚴春識

唐甫里先生文集傳世無宋本當以明成化嚴氏本為最古流播甚稀各家書目多未著錄十二月初旬北平藻玉堂書估王子霖携此書至天津求售索價甚高余年來無力收書留案頭二日還之既而思此種書世不多有若失之交臂恐不易再得適王估又來天津遂勉力購而藏之細檢書中卷十三卷十九各缺一葉擬取黃蕘圃校鈔本補寫蓋黃氏所據亦為嚴刻乃黃氏校本兩卷中均各注明缺葉與此相同是此本即周香嚴舊藏黃氏據校之本周氏藏書多無印記宋元本亦且如是也不知嚴刻人間尚有第二本否他日倘能遇之得鈔補為快而余之寶此明初黑口本固不啻宋元視之矣戊寅十二月廿八日殘翁記